平安女子に教わる
今の時代を生きる術《すべ》

二本松 泰子

信濃毎日新聞社

はじめに

昔の文体で書かれているから読みづらい。
時代背景が今とかけ離れているからわからない――。
古典文学に対して、こんなふうに思っている人は多いのではないでしょうか。
確かに教科書に載っている古文は、わざと苦手意識を持たせようとしているかのようで、
共感できない内容が多いかもしれません。
けれど古典、特に女流の文学作品をじっくり読んでみると、
当時も現代とまったく同じように迷い、悩み、
壁にぶつかっていた女性たちが多いことがわかります。
今よりもっと生きづらかっただろう〝平安女子〟たちの生活をひも解きながら、
古典による生き方指南を受けてみませんか。
いつの時代も悩みはいっぱい。
現代にも通じる「生きる術《すべ》」がきっと見つかると思います。

平安女子に教わる今の時代を生きる術
—もくじ—

7人の平安女子が生きた時代

西暦	950	1000	1050	1100	1200	1300

藤原道綱母	936頃～995
清少納言	966頃～1025
和泉式部	978頃～不明
紫式部	970～978頃～1014～1031頃
菅原孝標女	1008～1059以降
阿仏尼	1222～1283
後深草院二条	1258～1306以降

西暦	主なできごと
966	藤原道長生まれる
974	この頃『蜻蛉日記』完成か
986	一条天皇即位
990	藤原道隆の娘定子、中宮に
999	道長の娘彰子、女御に
1000	定子が皇后、彰子が中宮に　定子死去
1001	この頃『枕草子』完成か
1008	この頃『源氏物語』完成か
	この頃『和泉式部日記』完成か
1017	道長が太政大臣、子の頼通が摂政になり藤原氏全盛
1028	道長死去
1053	頼通、平等院鳳凰堂を建立
1060	この頃『更級日記』完成か
1086	白河上皇の院政始まる
1167	平清盛が太政大臣に
1185	壇ノ浦で平家滅亡
1192	源頼朝、征夷大将軍に
1205	藤原定家ら『新古今和歌集』を編纂
1235	定家、私撰和歌集（小倉百人一首）を編纂
1274	蒙古襲来（文永の役）
1281	蒙古襲来（弘安の役）
1283	この頃『十六夜日記』完成か
1306	この頃『とはずがたり』完成か
1318	後醍醐天皇即位

本書は、2024年6月から12月まで、信濃毎日新聞社出版部のwebサイト「信毎本のweb」で連載した「平安女子に教わる今の時代を生きる術」に加筆修正し、書き下ろしを加えて再構成しました。なお、各作品の現代語訳は著者が私意に行いました。

第一条
けんか相手を間違えない

～『蜻蛉日記』藤原道綱母《ふじわらのみちつなのはは》～

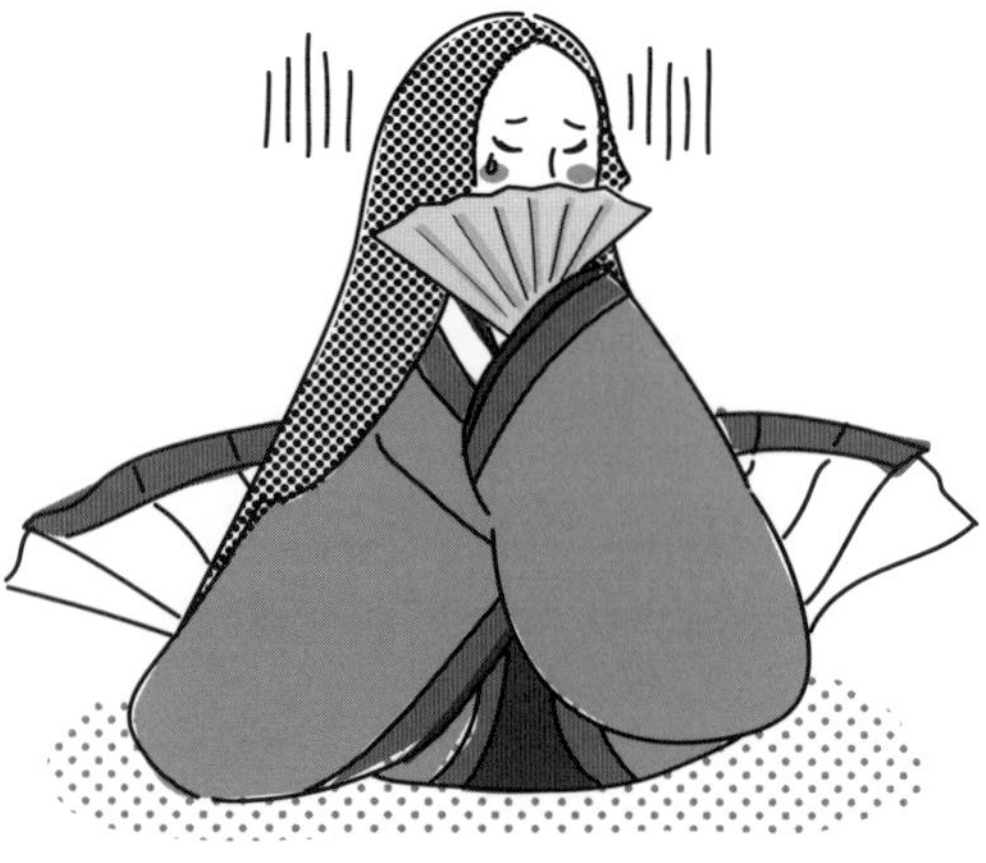

藤原道綱母系図

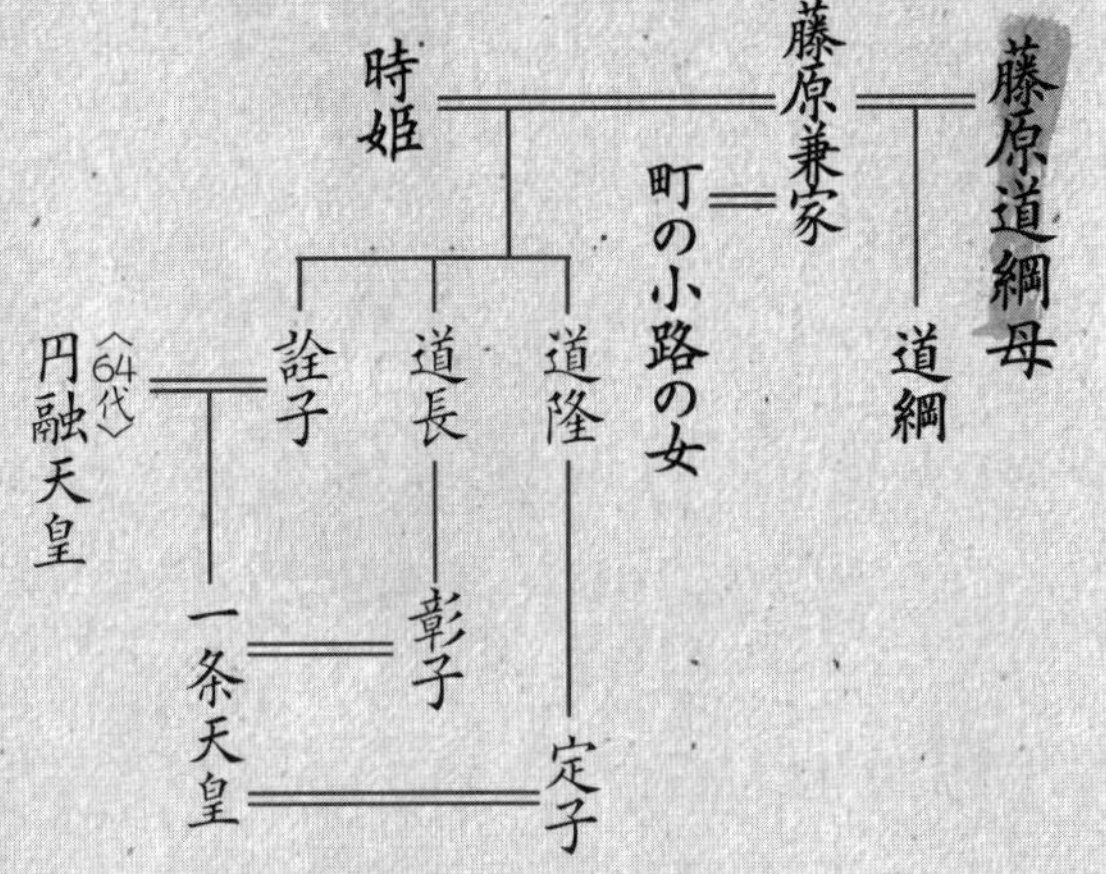

蜻蛉日記《かげろうにっき》

藤原道綱母による女流日記文学の先駆けとされる作品。藤原兼家との結婚生活に加え、夫の他の妻妾についてや、物詣で、上流貴族との交流、一人息子である道綱の成長などについて天暦8年（954）～天延2年（974）の出来事を書き、著者の死去より約20年前の39歳の大晦日の日記で筆が途絶えている。題名は日記の中の「なほものはかなきを思へば、あるかなきかのここちするかげろふの日記といふべし」より。上中下の全3巻。

はじめに

私の夫の寵愛《ちょうあい》を受け、今を盛りにときめいていたあの女。出産してからは夫の熱も冷めてしまったようだ。あの女には命を長らえさせ、私が苦しんだのと同じ思いを味わわせてやりたいと思っていたけれど、案の定そうなった。大騒ぎして生んだ子供も死んでしまったらしい。
あの女は天皇の孫だけど、所詮世をすねた皇子の落胤《らくいん》。言いようのないくらいつまらない素姓じゃないの。そんなことも知らない人たちにもてはやされて、あの女はどんなにいい気になっていたことか。急にこんなことになって、さぞかし落ち込んでいることでしょうね。私よりもっと嘆いていると思うと、胸のすく思いがする。

（『蜻蛉日記』上巻・天徳元年（957））

寵愛を失い、子供まで亡くして失意のどん底にいる夫の浮気相手、しかもそんな哀れな女性に対する罵詈雑言《ばりぞうごん》。一切同情はありません。散々罵倒した挙句、「胸のすく思いがする」とまで溜飲を下げているのは『蜻蛉日記』の筆者、「藤原道綱母」です。

彼女は、『中古三十六歌仙』（藤原範兼《のりかね》の私撰集『後六々撰《のちのろくろくせん》』に見える和歌の名人36人）の1人に選ばれるほどの優れた歌人。『拾遺《しゅうい》和歌集』をはじめとする勅撰和歌集にも38首入っています。しかも『尊卑分脈《そんぴぶんみゃく》』（永和2年（1376）成立）には、「本朝第一美人、三人内也（日本で最も美しい3人の女性の1人）」と評されるくらいの美女でもありました。

夫は摂政・関白・太政大臣を歴任した藤原兼家《かねいえ》です。権門の妻として、さぞかし優雅な生活を送っていたことでしょう。『蜻蛉日記』には、彼女が詠んだ格調高い和歌や長歌がふんだんに載っています。平安朝を代表する才色兼備な女性にふさわしく、華やかな王朝文化を体現する場面もちゃんと描かれている日記なのです。

しかし、その浮気相手に対する目を覆いたくなる暴言の数々は、優美なはずの道綱母に似つかわしくありません。今でいうところの炎上レベルの〝不適切な発言〟は、いったいどんな結末を引き起こすのでしょうか。

そんな彼女を「蜻蛉夫人」と呼び、さまざまなエピソードをひも解いていきたいと思います。

1 彼女は本当にライバルか？

蜻蛉夫人が罵倒したのは、通称「町の小路の女」。具体的に誰を指すのか、いまだにわかっていません。何の事績も残っていない無名の女性ですので、才色兼備の蜻蛉夫人から見下されても仕方がなかったといえるでしょうか。

兼家が町の小路の女のもとに通い始めたのは、蜻蛉夫人が出産した直後です。蜻蛉夫人は結婚2年目。いきなり夫婦生活の危機に直面しました。

9月のある日。あの人が出て行った後、置いてあった文箱を何気なく開けたら、女への手紙が入っていた。ああ、なんてこと！ この手紙を私が見たことをわからせてやりたくて、和歌を書き付けておいた。

うたがはしほかに渡せるふみ見ればここやとだえにならむとすらむ

あなたの気持ちが疑わしいです。よその女に渡す手紙を見ると、こちらへのおいでは途絶えるのでしょうか

（『蜻蛉日記』上巻・天暦9年（955））

女の勘で夫の浮気の証拠を見つけた蜻蛉夫人。当時、文箱に残された手紙を見るのは、今ならば夫のスマホを開いてメールをのぞき見するようなものでしょうか。今も昔も浮気を見つけるきっかけは同じです。手紙に書付けを残すのは、勝手にＬＩＮＥの既読を付けたとでも思ってください。

手紙の宛先は町の小路の女でした。蜻蛉夫人の疑いは的中し、兼家は町の小路の女も妻の1人に加えてしまいます。当時、兼家クラスの上流貴族ならば、妾《しょう》や愛人が複数いるのは一般的なことでした。

夕方頃、あの人が「内裏《だいり》に避けられない仕事がある」と言ってそわそわと出て行った。怪しい。下人に後を尾けさせると、「町の小路のどこそこに車をお停めなさっていま

した」という報告。思った通りだ。つらい。夫に何と言えばいいのかわからない。それから数日後、夜明け前に家の門をたたく音が聞こえた。あの人だろうか。あんまりつらくて門を開けられずにいると、あの人は薄情にも、とっとと町の小路の女の家に行ってしまった。このまま黙ってはいられないから、あの人に手紙を送った。

なげきつつひとり寝る夜のあくるまはいかに久しきものとかは知る

嘆きながら一人寝をする夜の明けるまでがどんなに長くつらいものかおわかりでしょうか（門を開ける間さえ待ちきれないあなたでは）おわかりにならないでしょうね

いつもより取り繕って書いた手紙。色変わりした菊に挿して送る。あの人からの返事。「夜が明けるまで待っていようと思ったよ。でも、急ぎの召使いが来たので仕方なかったんだ。あなたの言う通りだよ」とあった。

げにやげに冬の夜ならぬ真木の戸もおそくあくるはわびしかりけり

本当にあなたの言う通り、冬の夜はなかなか明けなくてつらいですが、冬の夜でもない真木の戸もなかなか開けてもらえないのはわびしいものだなあ

あの人が堂々とほかの女のところに通うなんて、理解できない。しばらくは私に気付かれないように、せめて「宮中で仕事がある」とか言ってごまかしてくれてもいいのに。あの人の無神経さが本当に不愉快。

（『蜻蛉日記』上巻・天暦9年）

蜻蛉夫人は、夫がいそいそと仕事に出かけるのを不審に思います。後を付けてみれば案の定、町の小路の女の家に通っていました。探偵を雇って浮気調査の尾行をさせるかのような蜻蛉夫人の行動力。もっといえば、自分自身も兼家の多くの妻の1人ではあるものの、自分の夫がほかの女に心を移したことがたまらなく悲しく、腹に据えかねたようです。せっかく兼家が来てくれた夜、門を開けずに締め出してしまいました。

蜻蛉夫人に締め出された兼家は、さっさとあきらめて町の小路の女のもとへ。その後は、

大っぴらに町の小路の女のところに通うようになり、すぐに子供も生まれます。蜻蛉夫人は「不安や心痛で胸がいっぱいになる」(『蜻蛉日記』上巻・天徳元年)気持ちで、鬱々とした日を過ごしていました。

そんな蜻蛉夫人の気持ちに追い打ちをかけたのは、兼家の無神経な行動でした。

たとえばその年の7月、兼家は相撲《すまい》の節会《せちえ》に合わせて新しい衣類を仕立ててほしいと蜻蛉夫人に頼んできたのです。手先の器用な蜻蛉夫人は縫い物が得意でした。兼家は彼女の腕を見込んで、たびたび仕立物を頼んでいました。

折しも、町の小路の女が出産した直後のこと。さすがに「今回は、町の小路の女に縫わせればいいじゃないの」と怒った蜻蛉夫人は、届けられた反物をそのまま送り返してしまったのです。困った兼家はあちこちに頼み込んで、何とか間に合わせました。この時、兼家が頼んできたのは町の小路の女の衣類だったという説もあって、悔しがった蜻蛉夫人が兼家の依頼を突っぱねたのもわからなくはありません。

このエピソードからもわかるように、町の小路の女は夫の装束ひとつ満足に仕立てることができませんでした。兼家の気持ちが離れるのは早く、生まれた子供もすぐに亡くなってしまいます。そんな哀れな町の小路の女に対して、蜻蛉夫人が「ざまを見ろ」とばかりに日記に書き付けたのはこんな状況でした。

あの人は今、元通りにいつものところ（正妻の時姫）にしきりに通っているという噂。私のところにも相変わらず、たまに通ってくるけれど、なんか悔しい。わが子（藤原道綱）が片言などを言うようになって、あの人が帰りがけに「またすぐ来るよ」というのを聞き覚えたのか真似をしている。

（『蜻蛉日記』上巻・天徳元年）

兼家は町の小路の女に冷めた後、蜻蛉夫人だけのもとに戻ったわけではありません。兼家の寵愛を取り戻したのは藤原時姫でした。時姫は、蜻蛉夫人より1年前に兼家と結婚し、そうそうたる嫡子（道隆・道兼・道長）や、天皇に入内《じゅだい》する娘たち（超子《ちょうし》・詮子《せんし》）の母親になりました。時姫と蜻蛉夫人はどちらも受領《ずりょう》階級の娘。同じような出自なのに、最終的に兼家の正妻となったのは時姫の方でした。つまり、蜻蛉夫人の本当のライバルは時姫だったのです。

町の小路の女は二度と、兼家の寵愛を取り戻すことはできませんでした。それに対して、時姫は自分から蜻蛉夫人へ、そして町の小路の女へと、ふらふらと移り気だった夫の気持ちをしっかりと再キャッチしたばかりではなく、何人もの子供を産み、天皇の祖母にまでなりました。

蜻蛉夫人が用心すべきだったのは時姫だったのです。町の小路の女のような格下の相手への怒りに心を占められている場合ではないことに、早く気付くべきでした。

2 目先の優越感より大事なこと

町の小路の女が子供を亡くした天徳元年から十数年が過ぎた天禄元年（970）の7月頃、兼家は近江《おうみ》（藤原国章《くにのり》の娘）という女性のところに通い始めます。蜻蛉夫人は、新しいライバルの近江について、「私が忌み嫌っているところ」（『蜻蛉日記』中巻・天禄2年（971））「私が憎いと思っているところ」（同上巻・天禄3年（972））「この前家が焼けた憎い女のところ」（同下巻・天延元（973））と悪意を込めて呼んでいます。

それに対して、時姫のところは「子供がたくさんいると聞いている人のところ」（同上巻・天暦10年（956））「夫がいつも通うところ」（同上巻・応和2年（962））といった感じで、フラットに呼んでいました。蜻蛉夫人は憎悪の対象には容赦なく手厳しい言葉を使うのですが、時姫についてはそういった表現を一切使っていないのです。それどころか、たびたび歌まで送っていました。

夫の寵愛を町の小路の女に奪われ、蜻蛉夫人が最初に孤独感を募らせていた頃。夫が時姫からも遠ざかっていると聞きつけ、さっそく和歌を送ります。

世間的には、あの人と私の関係性に不都合なことはないように見えるだろう。ただ、あの人の気持ちが私の望むことと食い違って、どうにもならないだけだ。でも私ばかりじゃない。長年連れ添った方（時姫）のところにも、あの人は通わなくなってしまったらしい。

彼女とはこれまでも手紙のやり取りをしているので、5月初め頃にも和歌を送ってみた。

そこにさへかるといふなる真菰草いかなる沢にねをとどむらむ

あの人は、あなたさまのもとにまで訪れなくなったそうですが、いったいどんなところに居ついているのでしょうね

彼女からの返歌。

真菰草かるとはよどの沢なれやねをとどむてふ沢はそことか

あの人が寄り付かないのは私のところです。居ついているのはあなたさまのところとうかがいましたが

（『蜻蛉日記』上巻・天暦10年（956））

不実な夫に傷つけられた気持ちを、同じ立場であろう時姫と慰め合いたかった蜻蛉夫人。けれど、時姫にとっては、蜻蛉夫人こそ兼家と自分の間に途中から割って入った張本人でした。他の女性に兼家の寵愛を奪われたからと言って、かつて自分が同じことをした相手に愚痴を言うのは、さすがにお門違いでしょう。

蜻蛉夫人には、「あなたのせいで夫は私のもとにも寄り付きません」という時姫の返歌が届きます。冷淡な文面に感じますが、蜻蛉夫人はこの返歌に不満を持つことはありませんでした。時姫が自分のせいで夫に冷たくされた、と考えていることに、いくらか溜飲が下がったのでしょうか。

ただし、この後すぐ、時姫は兼家の寵愛を取り戻します。時姫の返歌は嫉妬深い蜻蛉夫人

を牽制するための予防線だったのか、どちらにしても時姫の方が一枚上手だったわけです。
この一件から約10年後、蜻蛉夫人は賀茂の祭（葵祭）見物に出かけます。そこで時姫を見つけ、上の句に橘の実を添えて贈りました。

4月の賀茂の祭見物に出かけた時のこと。あの方（時姫）も来ているのを見つけた。彼女だと確信したので、その向かい側に牛車を止める。祭の行列を待つ間、手持ち無沙汰だったので、橘の実に葵を添えて歌を送った。

あふひとか聞けどもよそにたちばなの
　今日は葵祭、人と逢う日とか聞いていますが、あなたは素知らぬ顔でお立ちですね

やや時間がかかって返歌があった。

きみがつらさを今日こそは見れ

あなたの薄情さを、今日ははっきり見ましたよ

この和歌を見た侍女が「こちらを長年憎いと思ってきたはずなのに、どうしていまさら『今日』などと限定したのかしら?」といぶかしがる。帰宅後、あの人に今日あったことを話す。あの人は「『食いつぶしてやりたい気持ちがする』とは言わなかったかい」と冗談を言い、面白そうに笑っている。

（『蜻蛉日記』上巻・康保3年（966））

いくら手持ち無沙汰だとはいえ、突然、一級の歌人に連歌《れんが》遊びをしかけられるのはさぞ迷惑だったことでしょう。時姫には蜻蛉夫人ほどの歌才はありません。手間取りながら下の句を返しました。

蜻蛉夫人は、このやり取りをさっそく兼家に報告します。和歌や連歌は彼女の得意分野なので、ほのかな優越感があったのかもしれません。

実はこの年、時姫は末子の道長を出産しています。この道長が長じて朝廷の最高権力者

となり、藤原摂関家が最盛期を迎えたのは周知の事実。蜻蛉夫人の一人息子である道綱は、道長より11歳も年上でありながら、貴族としての出世ははるか及ばずでした。

この段階ではまだ、蜻蛉夫人と時姫のどちらが兼家の正妻なのか、本人たちにも世間にも曖昧でした。正妻と認められるには「すばらしく豪華に造り上げた新邸」（『蜻蛉日記』中巻・天禄元年）とされた兼家の本邸、東三条殿《ひがしさんじょうどの》に迎え入れられなければいけません。

結局、蜻蛉夫人が東三条殿に住むことは生涯叶いませんでした。東三条殿に迎えられたのは時姫とその子供たちだからです。

時姫が正妻になる布石は、兼家が移り住む前の年から水面下で進んでいました。当時、蜻蛉夫人と時姫の下人の間で揉め事があって、蜻蛉夫人は「すべて（自分と時姫との）住まいが近いのが原因だ」（『蜻蛉日記』上巻・安和2年（969））と思い至ります。その直後、蜻蛉夫人の方が（兼家邸から）「すこし離れているところ」（同）に転居させられてしまいました。遠ざけられてしまったのです。

時姫の方が一枚も二枚も上手でした。蜻蛉夫人は、自分より格下の相手と闘うことばかりに力を注いでいて、本当のライバルを認識できなかったばかりか、時姫に対しては目先の優越感に浸っているうちに、すべてを持っていかれてしまいました。

時姫は蜻蛉夫人やほかの女性たちに対して、「負けるが勝ち」を地でいった印象を受けます。移り気だった兼家をも包み込む器の大きな女性だったのかもしれません。蜻蛉夫人は、そんな時姫のような人間力を持ち合わせていなかったということでしょう。

3 残念な息子に夢をかける

蜻蛉夫人と兼家との間に生まれた一人息子は、彼女の呼び名の由来となった藤原（右大将）道綱です。道綱は、時姫の産んだ息子たちや父の兼家のように大臣にはなれませんでした。最高官職は大納言止まり。それは決して不遇な扱いではなく、職務上の失態があまりにも多いことによる当然の結果でした。

道綱の失態を伝える文献はたくさんあります。最も詳しく書かれているのは、藤原実資《さねすけ》の『小右記《しょうゆうき》』という日記です。実資は道綱の職務上の怠慢や失態をたびたび批判しています。たとえば、道綱が公役を務めず、長年職務を怠けているとして「職責を果たさないで、いたずらに禄を得る人」（長和2年（1013）2月3日）と批判したり「いたずらに禄を食んでいる」（寛仁元年（1017）8月14日）と非難したり。父の兼家が熾烈な政権争いを制して朝廷の最高権力者に上り詰めたのとは対照的です。

道綱は仕事ができないだけでなく、無知無学ぶりも目立っていました。『小右記』は「名前だけ書けるが、他の漢字はほとんど知らない人」（長徳3年（997）7月5日）、「まったく知識のない人」（寛仁3年（1019）6月15日）と手厳しく、とても才女の誉れ高い蜻蛉夫人の息子とは思えません。

道綱を厳しく批判した実資は、有職故実《ゆうそくこじつ》に精通した公卿《くぎょう》でした。同世代の道綱に官位を越されたことを恨んでもいたようです。だから『小右記』が格別に道綱に辛辣だったかというとそうではありません。同時代の貴族、藤原行成《ゆきなり》の日記『権記《ごんき》』にも、しっかり道綱の失態が見えます。「御斎会《ごさいえ》（宮中で行われる仏式の正月行事）に参加した道綱が、故実を間違えた作法をした」（寛弘8年（1011）1月14日）などとあるように、道綱は本当に粗相の多い人物だったのでしょう。

道綱のマイナスイメージは、後世の説話文学作品でも格好の素材でした。鎌倉時代初期に成立した『古事談《こじだん》』には、道綱の烏滸話《おこばなし》（馬鹿げて滑稽な話）が見えます。

一条天皇の時代、道綱は宮中で催された宴席で舞を舞いながら冠を落としてしまった。当時の貴族が冠を落とすことは下着姿になるのと同じくらい恥ずかしく、道綱は皆に笑われた。特に右大臣（藤原顕光《あきみつ》）が皮肉な言葉を道綱に浴びせると、道綱は「自分だって妻を人に寝取られたくせに」と言い返した。道綱自身が右大臣の妻と密通していたのだ。これを聞いた周囲の人々は呆れかえった。

（『古事談』第一「王道后宮」）

同じく鎌倉時代初期に成立した『続古事談』にも、道綱の呆れたエピソードがありました。

後一条天皇がご幼少の時、道綱は「金千両を投げ散らすととても面白い。ご覧になったことはありますか」と申し上げた。天皇は「まだ見たことがない」とおっしゃったので、道綱は納殿《おさめどの》（宮中の貴重品を収納した場所）から蔵人に砂金を百両持ってこさせ、天皇の御前で投げ散らした。天皇は「どこが面白いのか」とおっしゃられたので、道綱は「それでは捨ててしまいましょう」と言って砂金をかき集め、懐に入れて退出してしまった。

（『続古事談』第一「王道后宮」）

道綱の砂金エピソードは、九条兼実《かねざね》の日記である『玉葉《ぎょくよう》』にも引用され、「人々はこの件について悪く言った」（承安3（1173）年3月16日）と酷評されています。道綱は、歴史的にも文学的にも残念な人物でした。

毎日悲しくて、もう死んでしまいたいくらい。でも、可哀そうな道綱に後ろ髪を引かれて思いとどまる。思い余って「お母さんは尼になって、お父さんとの仲を思いきれるかどうか試そうと思うんだけど」と道綱に話す。すると道綱は、まだ子供で深い事情もわからないのに、ひどくしゃくりあげておいおいと泣く。泣きながら道綱が「母上が尼になられるのなら、私も法師になります」と言う。私も涙があふれて止まらない。いっそ冗談にしてしまおうと「法師になったら鷹は飼えませんよ。どうするの？」と言ってみた。するると、道綱はおもむろに立って走りだし、止まり木に据えた鷹を拳に乗せて放してしまった。これを見た侍女も泣き出し、私もいたたまれない思いになった。

あらそへば思ひにわぶるあまぐもにまづそる鷹ぞ悲しかりける

（夫の兼家と）言い争い、夫婦のいざこざに思い悩んで、いっそ尼にでもなろうかと話すと、それを聞いた子供が自分の鷹をまず放って、法師になる決心を示すとはとても悲しいことだなあ

（『蜻蛉日記』中巻・天禄元年）

兼家が東三条殿に移り住んだ年。迎えられそうもない蜻蛉夫人は失意のどん底にあり、兼家から「用事があるので今夜は来られない」と言われて深くふさぎ込んでいました。嘆きのあまりに道綱に出家したいと愚痴ったのです。

蜻蛉夫人はこの時、道綱を「まだ子供で深い事情もわからない」と言っていますが、実は既に17歳。この年元服もしていて、立派な大人です。「まだ子供」という母親も母親ですが、「ひどくしゃくり上げておいおいと泣く」など大人として大丈夫でしょうか。

母親が出家して尼になると聞き、道綱は飼っている鷹を逃がします。当時、貴族の鷹狩りは権威の象徴であり、青年貴族（武将）にとって鷹はステータスアイテムでした。

たとえば『平家物語』で、平資盛《たいらのすけもり》（平清盛の孫）という若者が鷹狩りの後、興奮さめやらず道ですれ違った年長の貴族に無礼を働きます。彼はいきり立った割にあっけなく返り討ちに合いますが、鷹は青年たちの心を高ぶらせ、カッコつけるための必需品でした。

それなのに道綱は、母親の泣き落としに引きずられて鷹を逃がすのです。なんて情けない。残念な道綱像は、母親の日記からも垣間見えてしまうのです。

蜻蛉夫人は道綱を子供扱いし、哀れに愛しい存在と捉えています。息子への愛に目が曇った母親に甘やかされて、道綱は粗相が多い人間になってしまったのかもしれません。いずれにしても蜻蛉夫人は、道綱の頼りなさや時姫の息子たちより劣っている点について目を向けることはありませんでした。いつも肝心なところで現実を客観視できないのです。

一昨年、石山にお参りした夜のこと。ありがたそうな法師がいたので代わりに祈願を依頼しておいた。後日、法師が「さる十五日の夜、こんな夢を見ました。奥方さまがお袖に月と日をお受けになり、その月を足の下に踏み、日を胸にお抱きになっているのです。ぜひ、この夢の意味を夢解き（夢の吉凶を占う人）に尋ねてください」

と言ってきたが、ちょっと疑わしい気がしたので、そのまま放置した。ちょうど夢あわせ（夢占い）をする者が来たので、その夢について聞くと「朝廷を意のままにし、思い通りの政治を行うようになるという意味の夢です」と言う。また、居合わせた侍女が「このお邸《やしき》の御門を四脚門《よつあしもん》にする夢を見ました」と言い、同じ夢あわせをする者が言うには「これはご当家から大臣公卿が出るのに違いないという夢です。これはご夫君ではなく、ご令息の将来のことでございます」とのこと。私自身も一昨日の夜、「右の足の裏に、大臣門と言う文字を突然書き付けられたので、驚いて足をひっこめる」という夢を見た。この夢の意味を聞くと「先ほどの夢と同じ意味です」と答える。

一瞬、ばかげたことと思ったけれど、夫の家系は、そういうことがありえない一族ではない。もしかしたら、私の一人息子が、思いがけない幸運をつかむのではないかとひそかに思う。

（『蜻蛉日記』下巻・天禄3年）

蜻蛉夫人は道綱のために三度も夢あわせをしました。一度目は天禄元年の石山詣での際に出会った法師が「蜻蛉夫人の袖に月と日を受けた」夢、二度目はたまたま居合わせた侍女の夢、三度目は蜻蛉夫人自身が見た夢です。

当時、夢のお告げは敬虔《けいけん》なものとして解釈されていました。蜻蛉夫人も専門家に依頼して慎重に占っています。その結果、最初の夢は朝廷を意のままに動かして思い通りの政治を行う、二度目・三度目の夢は道綱が大臣になると言われたため、蜻蛉夫人は息子の将来に大いに期待しました。残念ながら、ことごとく外れましたが。

「袖に月と日を受ける」モチーフは吉夢としてポピュラーで、『曽我物語』でも北条政子の妹が同じ夢を見ています。政子も妹も結婚前のこと。妹が高い峰に昇り、月日を左右の袂に収めて、橘が三つ生える枝をかざすという夢です。この夢を不思議に思った妹が政子に相談すると、それを吉夢と見抜いた政子が即座にその夢を買い取りました。その後、政子は頼朝と出会って大変な出世を遂げるのですから、すべてこの吉夢を買い取ったご利益ということです。

大それた吉夢を道綱のために授かったと期待に胸を膨らませた蜻蛉夫人には、少し気の毒なエピソードです。

こうして月日は経ったけれども、思うようにならない身の上が嘆かわしい。なので、新しい年を迎えても一向にうれしい気持ちにはならない。相変わらずのものはかなさを思うと、あるかなきかもわからない気持ちがする。

まるで「かげろう」のようにはかない身の上の日記ということになるだろう。

（『蜻蛉日記』上巻・跋文）

蜻蛉夫人の期待ははかなくも潰えました。道綱はあまりにも頼りない息子でした。彼女の日記の名前も、息子の将来をかけたせっかくの夢解きも、「あるかなきかもわからない気持ちがして「かげろう」のようにはかない」ものに過ぎなかったわけです。

おわりに

過去半生がむなしく過ぎてしまった。私は、世の中でとても頼りない存在で、何のよるべもなく暮らしている。容姿も人並み以下で、しっかりした考えがあるわけでもなく、何の役にも立たない。それも道理と思いながら、ただただ毎日、寝起きして暮らしている。その中で、世の中にたくさんある古物語の一端を見ると、ありふれた作り事でさえ賞賛されている。それならば、人並みでない私の身の上でも日記として書いてみたら、珍しく思われるのではないだろうか。私の夫のような、この上もなく高い身分の人との結婚はどのようなものかと尋ねる人がいたら、この日記をその先例にしてほしい。ただ、そうは思っても、過ぎ去った長い年月のことはうろ覚えではっきりしないので、不十分なことも多い内容になってしまった。

(『蜻蛉日記』序文)

蜻蛉夫人にとって、兼家との結婚生活は必ずしも満足のいくものではありませんでした。当時の貴族男性は正妻と同居するのが原則です。正妻以外の女性は相手が訪れるのを待つしかありません。蜻蛉夫人もまた、夫が通ってくるのをただ待つだけの苦しい毎日を過ごします。

『蜻蛉日記』には、そんな夫や結婚生活に対する不満が強く主張されている一方で、夫とやり取りした和歌や長歌も多数見えます。兼家なりに、美しく才気あふれる蜻蛉夫人を気にかけていた様子が随所にうかがえるのが救いでしょうか。

ですから、蜻蛉夫人が「容姿も人並み以下で、しっかりした考えがあるわけでもない」と卑下するのは間違っています。もしかしたら自身の半生を嘆くあまりに敢えて謙遜しているのか、それとも抑圧された日々の中で自己肯定感が低くなってしまったのか。それでもやはり、自己評価としては極めて〝不適切な発言〟です。

蜻蛉夫人は、けんかする相手を間違え、目先の利益にとらわれ、大きな勘違いをしたうえに、ネガティブな言葉によって、自身の価値を見失ってしまいました。それが一番残念なことかもしれません。

第二条 推しは一筋、ぶれずに推す

〜『枕草子』清少納言〜

清少納言系図

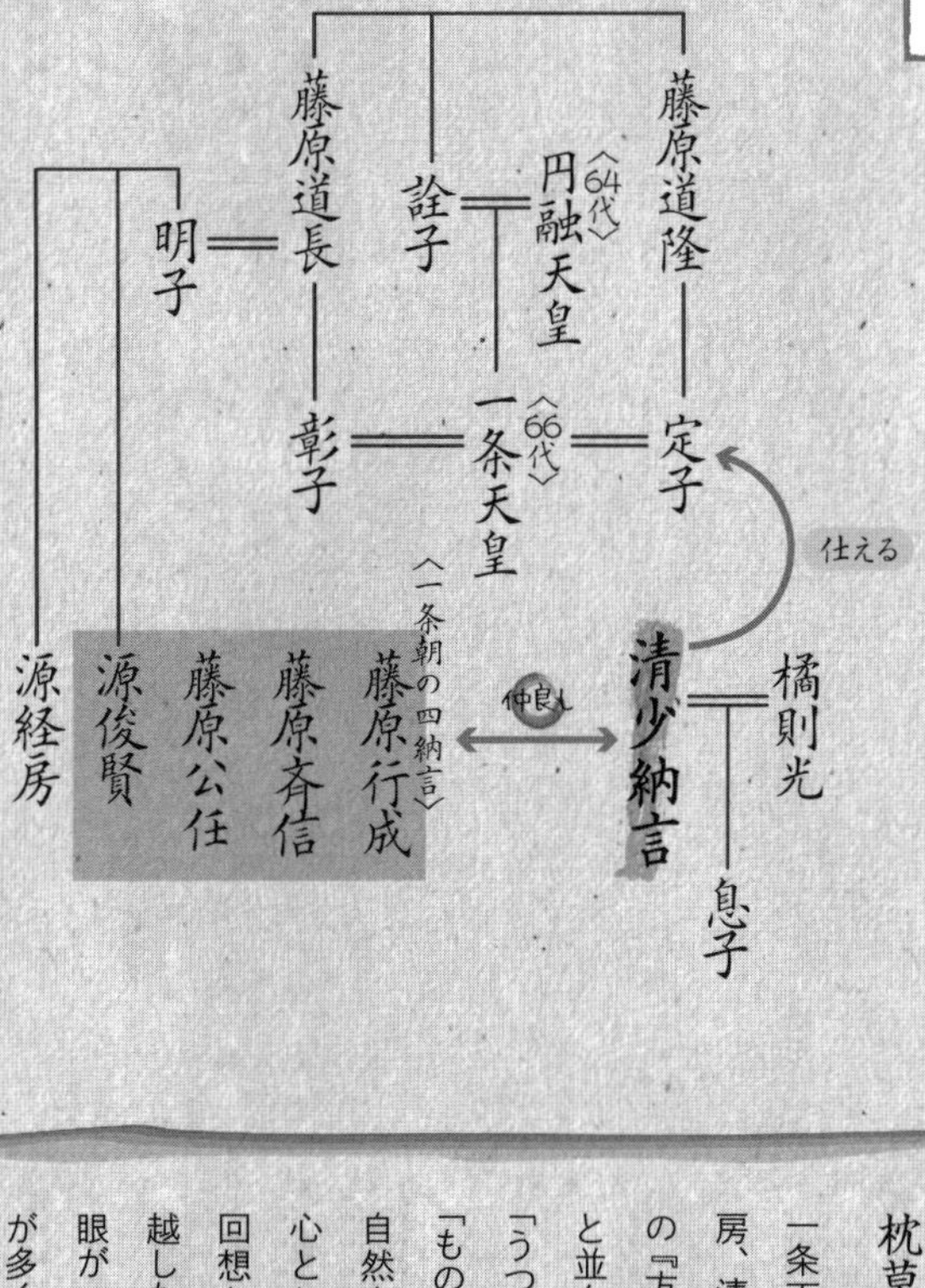

枕草子《まくらのそうし》

一条天皇の中宮定子に仕えた女房、清少納言による随筆。鴨長明の『方丈記』、兼好法師の『徒然草』と並んで日本三大随筆とされる。「うつくしきもの」に代表される「ものづくし」、日常生活や四季の自然を観察した随想、定子を中心とした宮中の様子を振り返る回想などで構成。清少納言の卓越したセンス、物事への鋭い観察眼が一体化した軽妙な筆致の短編が多く、知性的な「をかし」の世界が描かれている

はじめに

『枕草子』は、清少納言の心の様子がよくわかる大変興味深い作品です。特に皇后定子《ていし》が栄華の盛りにあって、立派で趣深く素晴らしく、天皇のご寵愛《ちょうあい》を受けてときめいていらっしゃったことばかりを恐ろしいほどの勢いで書いています。皇后の父である関白・藤原道隆が亡くなったこと、兄の内大臣・藤原伊周《これちか》が流されてしまったことなどの中関白家《なかのかんぱくけ》（定子の実家）の衰退については、ほんのわずかも書いていません。清少納言は皇后定子に対して素晴らしい心遣いを見せた女房でした。

（『無名草子』「女の論――清少納言」）

清少納言の定子への心遣いが素晴らしかったと讃えるこの文章は、鎌倉時代に成立した日本最古の文芸評論書『無名草子《むみょうぞうし》』の一節です。皇后定子がいかに立派で、栄華の盛りにあり、天皇に愛されてときめいていたのかだけを、清少納言が「恐ろしいほどの勢いで」

書いていると讃えています。

確かに『枕草子』によると、いかに定子が優しく美しく聡明なお后だったかがわかります。彼女は、時の権力者であった藤原道隆の一の姫として一条天皇に入内《じゅだい》、皇后に上り詰めました。そんな定子の姿を、『枕草子』はまるでセレブかアイドルのように華やかに描き上げます。

実際の定子はずっと栄華の絶頂にいたわけではありません。入内してわずか5年後の長徳元年（995）に父の道隆が死去。跡を継いだ同母兄の伊周は叔父の藤原道長と対立していました。挙句の果てに、弟とともに先代天皇である花山院に矢を射かけるという不祥事を起こし、一条天皇の生母・東三条院《ひがしさんじょういん》（詮子《せんし》）への呪詛《じゅそ》や、天皇以外は許されない仏事を個人的に行っていたという余罪まで発覚。懐妊中の定子は必死に兄たちをかばいますが、抵抗むなしく兄弟は捕縛され、自ら髪を切って出家してしまいました。

伊周たちが左遷されると、定子は実家の後ろ盾を失います。同じ頃、実家の二条北宮が全焼した上に実母も亡くなり、転がり落ちるように没落していきました。定子が初めての子である脩子《しゅうし》内親王を出産したのはそんな中でした。

一条天皇は長徳3年（997）、母の東三条院の病気平癒のための大赦で、伊周兄弟が都へ戻ることを許しました。そのタイミングで定子を還俗《げんぞく》させ、再入内させます。天皇の定子への深い愛情からのこととはいえ、道長に忖度していた貴族たちは定子を不謹慎だと非難。天皇だけは定子を変わらず寵愛し、長保元年（999）には敦康《あつやす》親王、翌2年（1000）年には媄子《びし》内親王が立て続けに生まれました。

しかし、定子は無理がたたったのか、内親王の出産直後、わずか24歳の若さで急逝。哀れな定子の亡骸を抱いて声を限りに泣き悲しんだのは兄の伊周でした。

一条天皇のもう1人の后だった道長の娘・彰子《しょうし》は、定子が亡くなる前年に入内。同じように皇后まで出世して、なんと87歳の長寿を誇り、2人の息子（後一条天皇・後朱雀天皇）と2人の孫（後冷泉天皇・後三条天皇）の即位・崩御まで見届けます。后としての業績にあえて優劣を付けるならば彰子の圧勝。定子は短命で幸薄い一生だったと言わざるを得ません。

にもかかわらず、『枕草子』の定子さまはどの場面でもキラキラと輝いているのです。それはなぜか――。

清少納言は正暦4年（993）冬頃から亡くなるまでの7年間、定子に仕えました。そのうち定子が栄華を誇ったのはわずか2年。むしろ凋落《ちょうらく》してからの方が長いくらいです。『枕草子』の中の定子は、いつも明るく幸せそうな素敵なヒロインです。第二条は清少納言の〝推し〟への愛があふれる『枕草子』を読み解きます。清少納言にならって、私たちも「定子さま」と呼ぶことにしましょう。

1 〝推し〟が尊い

清少納言は28歳頃、当時17歳の定子さまの後宮に出仕し始めました。清少納言にとっては初めての宮仕えです。慣れないことが多く、戸惑ってばかりの日々。そんな清少納言を気遣ってくれたのはほかならぬ定子さまでした。

定子さまのもとに初めてお仕えした頃のこと。私は、いろいろ恥ずかしい失敗をたくさんして毎日泣いていた。毎夜、出仕したら定子さまのお傍にある三尺（約90センチ）の御几帳《みきちょう》（T字型の2本の柱に薄絹を掛けた間仕切り）の後ろに隠れるように控えていた。

定子さまは、絵などを取り出されて私に見せてくださる。あまりの緊張にロクな反応もできず、私はうろたえるばかり。定子さまは「この絵はこういう絵ですよ」とご説明してくださるが、高坏《たかつき》（普通の灯台より低い位置の灯り。手元が明るくなる）

の灯りなので、昼間よりも髪の毛筋がはっきり見えてめちゃくちゃ恥ずかしいったらない。恥ずかしいのを精一杯我慢して、定子さまの絵を見る。その頃はとても冷える時期。定子さまのお袖からわずかに見えた御手は、つやつやとした薄紅梅色をしてなんて素敵。これまで素朴な主婦感覚で生きてきたので、こんな素晴らしいお方がこの世にいらっしゃるなんてまったく知らなかった。あまりの美しさに驚いてしまって、定子さまから目を離せない。

（『枕草子』第177段「宮にはじめてまゐりたるころ」）

清少納言は、出仕する前に結婚・出産・離婚を経験しています。当時の貴族女性として十分な経験値を持っているのに、定子さまの美しさ・素晴らしさは「未知のレベル」。その定子さまが清少納言を気遣って話しかけた話題は絵について。サロンが文化・芸術を愛する知的で雅な気風に満ちていた定子さまらしいお好みです。

風趣を好む清少納言が、気後れしつつも定子さまの姿にうっとりと見惚れている様子は、まさに〝推し〟が尊いといったところでしょうか。そして定子さまは、さらにファン心理をくすぐるのです。

定子さまがお話のついでに、「清少納言は私のこと好き？」とお尋ねになる。「好きじゃないわけないないじゃないですか!!」と勢い込んで申し上げたのと同時に、女房の詰め所の方で誰かが大きなくしゃみをした。くしゃみは不吉な前兆とされているから、定子さまは「まあ、嫌だ。清少納言ったらいい加減なことを言ったのね。もういいわ」と奥に入ってしまわれた。

私はいい加減なことなんか言ってない！　こんなにお慕いしているのに……それはもう並々ならない思いなのに!!　このくしゃみこそ嘘よ、いい加減よ！

それにしても、いったい誰がこんな憎らしいことをしたんだろう。だいたい嫌な奴の仕業でしょうよ。そもそもくしゃみが出そうな時は我慢するのが普通なのに、本当に悔しくて憎たらしいわ。でも、まだ宮仕えしたばかりで慣れていない時期なので、定子さまに弁解できないまま夜が明けてしまった。

（『枕草子』第177段「宮にはじめてまゐりたるころ」）

タイミングの悪いくしゃみのせいで、定子さまへの一途な思いを誤解されてしまった清少納言は、新人ゆえに弁解することもできず、仕方なく局《つぼね》（女房の私室）に下がりました。するとすぐに定子さまから優美なお手紙が届きます。

いかにしていかに知らましいつはりを空にただすの神なかりせば

いったいどうやってあなたの言葉が本当かどうかを知ることができただろうか。もしも天に嘘をただすという、糺《ただ》すの神（賀茂神社の御祭神）がいなかったとしたら、あなたの言葉が偽りかどうかわかりません

（『枕草子』第177段「宮にはじめてまゐりたるころ」）

定子さまが気にかけてくれていることが嬉しいだけに、残念で悔しい気持ちがごちゃまぜに入り乱れる清少納言。くしゃみをした人を憎むしかありませんが、とにかく清少納言は誤解を訂正するべく、すぐに自身の思いを込めた和歌を詠んで返事を書きます。

薄さ濃さそれにもよらぬはなゆゑに憂き身のほどを見るぞわびしき

「花」ならば色の薄さ濃さがあっても、「鼻」には思いの薄い濃いはありません。それなのにくしゃみのせいで、辛い目にあっている自分が残念です

（『枕草子』第177段「宮にはじめてまゐりたるころ」）

清少納言はその後も「ああ不愉快だ、なんであんなタイミングでくしゃみなどするのだろう」と、くしゃみをした人を怒り続けました。〝推し〟への愛を邪魔されると激怒するファン心理は、1000年前から変わりません。定子さまは、こうした清少納言のファン心理をたびたび試すのです、小憎いほどに。

定子さまの御前に、お身内や若君、殿上人などの多くの人たちが集まっている時のこと。私が廂《ひさし》の間の柱に寄りかかって同僚と話をしていると、定子さまが何か投げてこれらた。開けてみると「あなたのことを寵愛しようかどうしようかな。1番でないならばどうする？」と書かれている。

定子愛

以前、私が定子さまの前で「人から1番に寵愛されないならどうしようもない。2番3番になるなんて死んでも嫌。1番じゃないならひどく憎まれて悪く扱われる方がいい」と言った時、他の女房たちが「それはまるで〝一乗の法〟（仏教用語で、比類のないことの例えにも使う）のようね」と笑ったことを覚えていらしたのだろう。私は「往生できるならば下品《げぼん》（1番下の階級）でも満足するように、定子さまに寵愛していただけるなら2番3番でも結構です」と書いて定子さまに差し上げた。それを読んだ定子さまは「ずいぶん弱気になってしまったようね。よくないわ。一度言い切ったことは、そのまま押し通す方がよいのですよ」とおっしゃる。私が「それは相手によってのことでございます」と申し上げると、定子さまは「それがよくないの。自分にとって1番の人に1番に愛されようと思うのがよいのよ」とおっしゃった。

（『枕草子』第97段「御方々、君達、上人など、御前に」）

「自分にとって1番の人に1番に愛されようと思うのがよいのよ」という定子さま。その言葉の中の「第一の人」、つまり清少納言の1番の〝推し〟が自分自身であることは言わずもがな。それをわかった上で「ファンとしてNO.1のエースとなるよう努力せよ」と言っているのです。愛してやまない相手からそんなことを言われたら、清少納言でなくとも舞い上がってしまいそうです。きっと清少納言は、定子さまを〝一生神推し〟すると誓ったのではないでしょうか。

2 ファンは暴走してこそ？

清少納言は、定子さまを明るく幸せなお后として描こうとしました。ですから『枕草子』には、定子さまを襲った不幸はほぼ言及されていません。その中で唯一、例外と言えるエピソードがあります。清少納言自身の引きこもりです。

定子さまの父、藤原道隆が亡くなった翌年の長徳2年（996）のこと。伊周兄弟の左遷が決まり、定子さまは苦境に立たされていました。

殿（藤原道隆）がお亡くなりになってから、さまざまな事件が起こり、騒がしくなった。定子さまも参内なさらず、小二条殿《こにじょうどの》というところにいらした。私は何だか嫌な気持ちで、長い間実家に下がっていた。でも、定子さまのことが気がかりで仕方ない。やはりこのままご無沙汰していてはいけないだろう。

（『枕草子』第137段「殿などのおはしまさで後、世の中に事出で来」）

定子さまの周辺があわただしく変化しているというのに、清少納言は実家に戻っていました。嫌なことがあって参上できなくなったのです。

定子さまがどう思っていらっしゃるかではなく、同僚の女房たちが「（定子さま一家の政敵である）藤原道長側の人と（私が）親しい関係にある」と言うのが気に入らない。皆で集まって話していても、私が局から参上すると、急に話をやめてのけ者にする。そんなことは今までなかった。なので、定子さまからの「参上せよ」というたびたびの仰せもそのままに、長い期間参上しないままになってしまった。こんなことだと、同僚たちはもっと私を道長側の人間だからと決めつけて噂しそうだ。

（『枕草子』第１３７段「殿などのおはしまさで後、世の中に事出で来」）

清少納言が「何だか、嫌な気持ち」になったのは、同僚たちの冷たい態度でした。そもそも清少納言は、『枕草子』第22段「生ひさきなく、まめやかに」で主張しているように、宮仕え賞賛派です。知的で洗練された同僚たちに交じって働くことが誇りでした。〝意識高い系の仲間たち〟と仕事をするのが嬉しかったのでしょう。それがいきなり「のけ者にする」扱いを受けて、大きなショックを受けました。同僚たちの目が気になって、あんなに気に入っていた職場に行けなくなってしまったのです。

そうはいっても、同僚たちが清少納言に不審感を持つのも仕方ありません。実際、清少納言は「藤原道長側の人と親しい関係にある」状況でした。『枕草子』にも、清少納言が藤原公任《きんとう》・藤原斉信《ただのぶ》・藤原行成《ゆきなり》と親密に交流している様子が見えます。彼らは道長の腹心であり、一条天皇時代の四納言とさえ呼ばれた公卿《くぎょう》たちなのですから無理もありません。

ある時、源経房《みなもとのつねふさ》が訪ねてきました。経房の姉は藤原道長の妻の1人、源明子《めいし》。道長に近しく仕える一方で、清少納言とも親しくしていた公卿です。経房は、定子さまの御殿に参上した時の様子を清少納言に詳しく教えてくれました。

女房たちは以前と変わらず、季節に合った美しい装束で気を抜かずにお仕えしているとのこと。さらには清少納言の里住みを批判し、こんな時こそ定子さまのおそばにいるべきと言っていたこと。経房も「参上したらどうですか。定子さまの御前はしみじみと風情がありますよ」と助言しに来たのです。

しかし、清少納言は「さあ、どうでしょう、気乗りしないわ。同僚の女房たちが、私を憎らしいと思っていることが、私もまた憎らしく思われてきました」とつれない答え。一層かたくなに参上することを拒んでしまいました。経房が「穏やかに」とたしなめたくらいなので、結構な勢いで反発したようです。

経房としては、清少納言と同僚たちの間を取り持つつもりだったのでしょう。確かに、同僚たちが風雅の気風を忘れず、不遇な定子さまにそれまで通り仕えているのは素晴らしいことです。清少納言には、自分がいなくても立派にやっている同僚たちが面白くなかったのかもしれません。経房のせっかくの助言は逆効果でした。

定子さまからの仰せごともなく何日も経った。心細くてもの思いに沈み、ぼんやりしているところに、長女《おさめ》（雑用係の女官）が手紙を持って来た。「定子さまから、宰《さい》相《しょう》の君（定子さま付きの女房）を通して、こっそりとくださったものです」と言う。彼女が私の実家でも人目を避けるようにするのもあまりなことだ。けれど、定子さま直接のお手紙のようなので、どきどきしてすぐに開けてみた。山吹の花びらが一枚包まれていて、そこに「言はで思ふぞ（口に出さずにあなたのことを思っています）」と書かれている。なんて素敵なんだろう。ここ何日ものご無沙汰を嘆いていたこともすっかり慰められてしまった。

（『枕草子』第137段「殿などのおはしまさで後、世の中に事出で来」）

そんな清少納言の苦悩を救ってくれたのは、ほかならぬ〝推し〟でした。

定子さまは「我が宿の八重山吹は一重だに散り残らなん春の形見に（我が家の八重山吹は、ただ一重だけでも散り残ってほしい。春の思い出のよすがとして）」（『拾遺《しゅうい》和歌集』）、「心には下ゆく水のわきかへり言はで思ふぞ言ふにまされる（私の心の中には、地下水がわき返っているように、口に出さずにあなたのことを思っています。その思いは口に出して言うよりずっと深いのです）」（『古今和歌六帖《こきんわかろくじょう》』）という、いずれも詠み人知らずの古歌を踏まえた手紙をくれたのです。

前者の和歌は「春の思い出のようなかつての栄華を思い出すよすがとして、清少納言だけでも自分のもとに留まってほしい」と言う意味、後者の和歌は「何も言わなくても私は強い気持ちで清少納言を思っている（あるいは、何も言わない清少納言の方が他の女房たちよりも定子さまを強く思っている）」という意味です。

清少納言はすっかり気を取り直して定子さまに返事を差し上げ、再び近くにお仕えするようになりました。清少納言が久しぶりに定子さまのもとに参上すると、「あれは新参の者ですか」と冗談を言って笑い、「以前と変わった様子もない」態度で接してくれました。

それから2年後の長保元年（999）。定子さまは一条天皇との間の2人目の子供を懐妊し、出産のために平生昌《なりまさ》の邸宅にいました。定子さまの実家である二条北宮は火事にあったので、生昌の邸《やしき》が選ばれたのです。

この生昌、定子さまにとっていわく付きの人物でした。彼の同母兄・平惟仲《これなか》は、定子さまの祖父・藤原兼家《かねいえ》に引き立てられた家司《けいし》です。その縁から、父・道隆も惟仲を厚遇していました。それなのに、苦境に陥った中関白家を見限って道長に近づき、順調に出世を遂

げたのです。長保元年に中宮大夫《ちゅうぐうだいぶ》（中宮職の長官）を兼務しましたが、当時の中宮は定子さまだったので、中関白家と関わるのを避けたい惟仲は半年で辞職してしまったほどです。

弟である生昌は、伊周兄弟が左遷された時、中宮大進《たいしん》（中宮職の三等官）として定子さまに仕えていました。藤原実資《さねすけ》の『小右記《しょうゆうき》』によると、伊周が左遷先の大宰府に行く途中で密かに京都に戻ったことを道長に密告したのが生昌でした。伊周は再逮捕され、大宰府に流されます。定子さまたちにとって、生昌は油断ならない人物なのです。それでも、定子さまは生昌の邸に移らざるを得ませんでした。道長に忖度して、他の貴族たちが誰も定子さまに邸を提供してくれなかったためです。

しかし、生昌クラスの貴族の邸は、皇后たる定子さまをお迎えするレベルではありませんでした。『枕草子』によると、案の定、清少納言たちが乗った檳榔毛《びろうげ》の車（檳榔の葉を細かに裂いて白くさらしたもので覆った牛車。天皇・親王やその関係者が乗る）は門が小さくて入らず、筵道《えんどう》（筵《むしろ》のような長い敷物）を地面に敷いて門の外で降りるはめになってしまいました。

清少納言は激怒しました。殿上人《てんじょうびと》（四位や五位以上の貴族）や下級役人までもが、陣屋の傍に並んで見物していたことにも苛立ちます。早速、定子さまにこの状況を報告しました。

定子さまは「気を遣わなくて済む生昌の家だからといって、人に姿を見られないことはないでしょう。どうしてそんなに気が緩んでいたのですか」とお笑いになる。

私が「ここを見慣れている人たちは、私たちが念入りにおめかしなどしていたら逆にびっくりするでしょう。それにしても、これほどのお邸に牛車が入らない門があるなんて。生昌様が来たら笑ってやりましょう」と言っていたら、生昌が「これを定子さまに差し上げてください」と御硯などの手回り品を差し入れてきた。

（『枕草子』第6段「大進生昌が家に」）

清少納言は怒りが収まりません。『漢書《かんじょ》』に見える于定国《うていこく》（前漢の人。父親が門を大きく立てて子孫の出世を期した。後に于定国が最高官吏になってその子孫が栄えたという逸話がある）の故事を引き合いに、邸の門の狭さをやり玉に挙げ、生昌をやり込めました。定子さまは「どうしましたか。生昌がずいぶん怖れていましたが」と心配します。清少納言は「何でもありません。車が入らなかったことを言っただけです」とあっさり答えました。

その夜、なんと生昌は清少納言の寝室にやってきます。勝手に障子を開けて声をかけてきたのです。清少納言は、普段は色好みめいたことはしない生昌が、自邸に定子さまがいらして調子に乗って浮かれていると小馬鹿にします。

傍に寝ていた同僚を起こして生昌がいることを教え、清少納言が「丸見えですよ」と声をかけると、しどろもどろに言い訳する生昌。それでも「そちらに行ってもいいですか？」と必死に食い下がります。同僚が「いいわけないでしょ」と言って爆笑すると、生昌は清少納言が1人でないことを理解してすごすごと退散。女房たちはもう大爆笑です。「襖を開けたのならさっさと入ってしまえばいいのに」「入っていいかと聞かれて、誰がどうぞなんて言うだろうか」と生昌の無粋ぶりを口々にあざけりました。

翌朝、定子さまの御前に参上して昨夜のことを申し上げると、定子さまは「生昌の好色めいたうわさは聞いたことがないのに。昨晩のあなたの于定国の話の機知に感心して行ってしまったのでしょう。生真面目な生昌に恥をかかせる形でやり込めたのね。まあ、可哀そう」とお笑いになりました。

（『枕草子』第6段「大進生昌が家に」）

清少納言は、生昌が脩子内親王（定子さまの長女）のお付きの童女たちの装束の名称を言い間違えたり、「ちひさき」を「ちうせい（ちゅうせい）」と発音したり、といったどうでもいいことを逐一あげつらい、生昌本人に向かって、彼の失言の口真似をして笑いものにします。少し前まで自分も同僚たちにのけ者にされたといじけていたくせに、その同僚たちに負けないレベルの底意地の悪さです。見かねた定子さまが「世間一般の人と同じように、生昌を言い立てて笑い者にしてはいけません。彼はとても生真面目な人なのですから」と気の毒がるほどです。

ある時、生昌が改まって清少納言を呼び出し、「先日の于定国の話について、実兄の惟仲が褒めていた。いずれあなたとゆっくりお話したいと言っている」と伝えてきました。

定子さまの御前に伺ったところ、「それで、生昌は何事だったの？」とお尋ねになる。そこでかくかくしかじかと申し上げたところ、同僚たちが「そんなこと、わざわざ呼び出して話すことでもないのに。偶然会った時や部屋に下がっている時にでも言えばよいものを」と言って笑う。

定子さまは「生昌にとって、兄の惟仲は優秀な人という認識なのでしょうね。その優秀な人が褒めたのだから、あなたもきっと嬉しいだろうと思い、話して聞かせたのだと思いますよ。」とおっしゃる。

（『枕草子』第6段「大進生昌が家に」）

生昌も惟仲も、定子さまを不遇に陥れた道長側の人間です。ましてや生昌は伊周を密告した憎い仇《かたき》。清少納言たちは道長に与する生昌を小馬鹿にし、嘲笑うことで溜飲を下げていたのでしょう。

この場面について、清少納言が道長側の人物に対して一歩も引かない気概を見せていると評価する意見があります。また、粗末な邸宅での出産を余儀なくされても明るさ・穏やかさを失わなかった定子さまを讃えているという説もあります。いずれも『枕草子』が、定子さまに寄り添った〝推し活〟作品であることを前提とした解釈です。

納得できる解釈ですが、そうすると、定子さまの兄・伊周は、清少納言たちから嘲笑われるようなつまらない人間に密告されたことになります。それで進退窮まったのですから、いっそ無様ではないでしょうか。誇り高い定子さまは、愛する兄上がそんな愚か者に陥れられたと考えたくはなかったでしょう。清少納言の生昌いじめはやりすぎのように見えます。

長保2年（1000）の『日本紀略《にほんきりゃく》』の記録によると、定子さまは第3子の媄子内親王も生昌の屋敷で産み、そのまま崩御しました。結局、定子さまを最期までお世話したのは生昌だったのです。定子さまにとって、生昌を侮辱するのは必ずしも本意でなかったかもしれません。

『枕草子』の定子さまには、生昌に対する清少納言の底意地の悪さは感じられません。清少納言たちと同じレベルで生昌を貶《けな》し、一緒に溜飲を下げてはいないからです。定子さまが終始一貫して生昌をかばう姿は現実味がありますし、定子さま自身が暴走する清少納言を大らかに〝たしなめる〟ことでプライドを保っていた可能性もあります。

生昌のエピソードは、〝推し〟に心を寄せるあまりファンが暴走してしまったようにも読み取れます。清少納言は逆に、暴走するファンをたしなめる定子さまの姿を書くことで、〝推し〟の人徳の高さをストレートに伝えたかったのではないでしょうか。

意地悪も暴走もあくまで定子さまのため。清少納言らしい忠誠心です。

3 推しのためにならない恋はしない

栄華を極めた地位から転落し、つらい日々を送っていた定子さま。父亡き後、実の兄は捕らえられ、実家も全焼、母が亡くなり、自らも出家しなければならないほど追い詰められていたこの時期、一番苦しかったのは定子さまだったはずです。

それにもかかわらず、職場の人間関係をこじらせて落ち込む清少納言に寄り添い、手を差し伸べてくれたのは前に書いた通り。定子さまはこの時、まだ20歳でした。若いのに度量が広く、清少納言でなくとも推したくなるような素晴らしい人柄です。

清少納言がまだ実家に留まっていた長徳3年（997）。『枕草子』によると、一部の公卿たちには居場所を知らせていたので、時々彼らの訪問を受けていました。ある日、元夫である橘則光《たちばなののりみつ》が訪れます。

則光が「昨日、藤原斉信様が来て、『妹（清少納言）がいるところを言いなさい』としつこく聞かれたんだよ。まったく知りませんと言ったけれど厳しく追及されて、知っているのに知らないふりして抵抗するのは大変だったよ。そこにいた源経房殿も知らん顔していて、目が合うと笑ってしまいそうで困った。だから、食卓の上にあったワカメを取って、むしゃむしゃ食べてごまかしたんだ。他の人は、食事でもないのに妙な物を食べてるなと思ったことだろう。そのおかげで、あなたの居場所を言わずに済んだよ。あそこで笑ってしまったらばれていただろうしね。斉信様も私が本当に知らないようだと思ったようで、面白かった」と言った。私も「斉信様には私の居場所を絶対に教えないでね」と頼んだ。

それからしばらく経ったある晩のこと。深夜遅く、門をひどく叩く音がした。こんなに遠慮なく叩くなんて誰？と思って出ると「橘則光さんからです」と手紙を渡された。灯りを取り寄せて見ると、「明日は御読経《みどきょう》の結願《けちがん》（お経を読む仏事の最終日）なので、斉信様が物忌《ものい》みで籠っています。その斉信様から『妹の居場所を言え、妹の居場所を言え』と責めたてられて、もう隠し通せないのです。あなたがどこにいるか教えてもいいですか。指示をください。言われた通りにしますから」と書いてある。私は返事は書かずに、ワカメを少しばかり紙に包んで、使いの者に持って行かせた。

（『枕草子』第80段「里にまかでたるに」）

清少納言は10代で則光と結婚し、天元5年（982）に息子の則長《のりなが》をもうけました。定子さまにお仕えする前に離婚し、宮中で再会した後は「兄妹分のような関係」（『枕草子』第78段「頭中将《とうのちゅうじょう》のすずろなるそら言を聞きて」）で親しく付き合っていました。斉信が則光に対して、清少納言を「妹」と呼ぶのはそのためです。

斉信は前述したように一条天皇時代の四納言といわれた出世頭の1人。出世のために道長に近づき、彼のために尽力しました。伊周と隆家が花山院に矢を射かけた事件が勃発した際も、道長が有利になるように暗躍したと言われています。『枕草子』では道隆の没後、頻繁に登場し、しきりに清少納言に〝粉をかけている〟様子が描かれています。一説に清少納言を道長側に引き込もうとしたためともされています。

ワカメを送って数日後、則光が清少納言のもとにやってきました。「あの晩のワカメの切

れ端、何かの間違いかい」と聞いてくるので、清少納言はがっかり。伝えたかったことを理解できなかった則光が憎らしくなって、和歌を書いて渡しました。

かづきするあまのすみかをそことだに
ゆめいふなとやめを食はせけむ

海に潜る海女のように姿を隠してる私の住みかを、そこ（底）だと絶対に言わないで。と目配せするという意味を込めてワカメを食わせたのよ

（『枕草子』第80段「里にまかでたるに」）

則光は「和歌を詠んだのですか。絶対に見ま

せんよ」と言って、扇で和歌の書かれた紙をあおぎ返すと、逃げ帰ってしまいました。

実は則光も『金葉《きんよう》和歌集』『続詞花《しょくしか》和歌集』に入集している勅撰歌人でした。室町時代に成立した『尊卑分脈《そんぴぶんみゃく》』の「橘氏」の「則光」の項目にも「歌人」とあります。また『今昔物語集』巻23第15話「陸奥前司《むつのぜんじ》橘則光切殺人語」には「きわめて豪胆で思慮深い」と評され、共用豊かで聡明な人物であったようです。つまり、実際の則光は決して和歌が嫌いな野暮な人ではありませんでした。ではなぜ逃げ帰ったのか。


則光と少し仲違いした時、「たとえ不都合なことがあっても、兄妹として仲よくしようと約束したことは忘れないでください。外で会ったら、兄妹のような仲の則光だと思っていただきたいです」と手紙が来た。これを読んで、彼がいつも「私を本当に思ってくれるならば、決して和歌を詠まないでほしい。和歌を送ってきたらすべて仇敵《きゅうてき》だと思いますよ。今はこれが最後だ、絶交だ、と思った時だけ和歌を送ってください」と言っていたことを思い出した。

そこで、私は返事としてこんな和歌を書いて送った。

くづれよるいもせの山の中なればさらに吉野の川とだに見じ

今は、山崩れのせいで妹背山の中を流れる吉野川は川に見えなくなってしまった。同様に仲の壊れた私たちだから、もはや、兄としてあなたを見ることはできません

どうやら則光はこの和歌を本当に見なかったらしい。返事もないまま終わってしまった。この後、則光は遠江介《とおとうみのすけ》として赴任した。なので彼とはそれきりになってしまった。

（『枕草子』第80段「里にまかでたるに」）

清少納言と元夫・則光は離婚した後も、言いたいことを言ったり世話をし合ったりしながら親しく交流を続けていました。清少納言は藤原棟世《むねよ》と再婚しますが、則光は清少納言に未練があったのでしょう。一方の清少納言の側にも、則光に対して何らかの愛情があったのではないでしょうか。そうでなければ、15年以上も親しく付き合うことはしないでしょう。

清少納言は同僚たちに道長側の人物と見なされ、実家に引きこもるほど苦悩しましたが、それを救ってくれたのは定子さまその人でした。

一方で、道長側の藤原斉信に、家司（公卿の家政を担当する家来）として仕えていた則光。となれば、道長サイドの人間である則光は、清少納言がいくら憎からず思い続けていたとしても、絶対に近づいてはいけない相手なのです。『枕草子』に、あえて則光を無骨な人物として描くことで、清少納言は思いを断ち切ったのではないでしょうか。

心惹かれた男との関係が〝推し〟のためにならないとしたら――。清少納言は恋活よりも推し活を選びました。まさに〝推しは一筋、ぶれずに推す〟というファンの鑑であったといえるでしょう。

おわりに

定子さまを深く愛したのは清少納言だけではありません。夫である一条天皇は、突然出家した定子さまを還俗させて再入内させるほど、大事にしていました。

一条朝四納言の1人、藤原行成の日記『権記《ごんき》』には一条天皇が定子さまの訃報に接した時の記録があり、「定子さまが急逝したことが非常に悲しい」と一条天皇のつらい心情を伝えています。

冒頭に引いた『無名草子』には、定子さまを絶賛する記事が見えます。

「定子皇后宮と上東門院《じょうとうもんいん》（皇后彰子）のどちらがより素晴らしいのでしょうか？」と尋ねると「定子皇后の方が、ご容貌も美しかったということです。一条天皇も、大変深く寵愛なさっていました」とありました。

（『無名草子』「女の論——皇后宮（定子）」

定子さま亡き後1、2年が経った春、清少納言は摂津《せっつ》国に身を寄せました（『清少納言集』）。再婚相手の藤原棟世が摂津守《かみ》として赴任したからです。また、清少納言の父、清原元輔《もとすけ》が昔住んでいた家のそばに住んでいたとも言われています（『新古今和歌集』春第十六「雑歌上」赤染衛門）。それは京都の東山月輪《つきのわ》の辺りと推定されます。

『無名草子』のほか、鎌倉時代に成立した説話文学には、零落した清少納言の末路が伝えられています。言うまでもなくこれらはフィクションなので、その後の清少納言がどうなったのか、詳細はわかっていません。

清少納言が推した定子さまは、夜空に瞬く星のような人でした。その輝きが消えた時、清少納言も歴史の表舞台から潔く消えたのです。それも、〝推し〟に対してぶれることのなかった清少納言らしさだと思ってしまいます。

第三条
能力は最大限に発揮する

～『和泉式部日記』和泉式部～

和泉式部系図

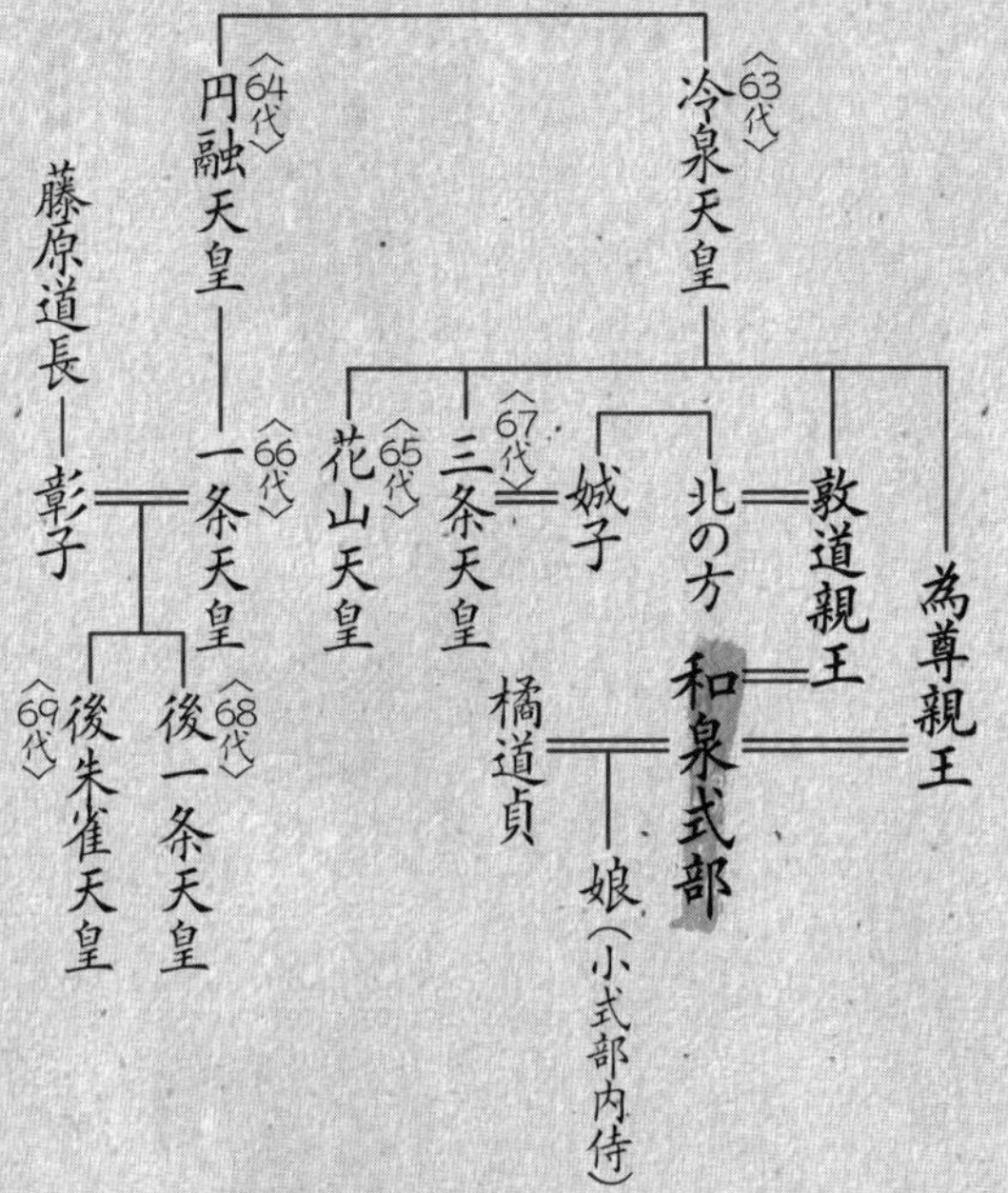

和泉式部日記《いずみしきぶにっき》

平安時代を代表する歌人、和泉式部による女流日記文学の代表作。恋人だった冷泉天皇の第三皇子為尊親王の死後、その弟である敦道親王と恋に落ちた著者が、親王との恋愛を中心に長保5年（1003）4月から翌寛弘元年1月までの出来事を綴っている。全1巻。和歌の名人らしく歌を贈り合う場面が頻繁に描かれ、赤裸々な恋愛心情描写も大きな特色。主人公が「女」という三人称であるため、第三者が書いたという説もある。

はじめに

和泉式部といえば、勅撰和歌集に246首も入集している和歌の名手です。この数は歴代の女流歌人の中で最多数を誇り、男女合わせてもトップクラス。そもそも勅撰和歌集とは、天皇や上皇の命によって編纂されることから、非常に権威のある歌集です。なので、勅撰集に詠歌が選ばれることは、男女問わずに歌人として最高の名誉でした。

和泉式部以外にも女性の勅撰歌人はたくさんいます。和泉式部の次に入首数が多いのは伊勢で176首、式子《しょくし》内親王が156首、赤染衛門93首と続きます。著名な小野小町でもせいぜい60首余り。紫式部クラスで51首、清少納言に至ってはたったの15首しかありません。そうそうたる女流歌人・文学者たちと比べても、和泉式部の数は圧倒的。和泉式部は、当時の恋愛で不可欠の教養だった和歌の詠み手として、自他ともに認める優れた女性だったのです。

しかし、和泉式部には和歌より得意なものがありました。それは男心をつかむ技です。和泉式部はさまざまな男性と浮名を流しました。時の権力者である藤原道長は、彼女を「浮かれ女《め》」（『和泉式部集』第2）と呼んだほどです。

まずは最初の夫・橘道貞《たちばなのみちさだ》。彼は和泉守《いずみのかみ》を務めました。和泉式部の名の由来です。長徳2年（996）頃に結婚し、娘（小式部内侍《こしきぶのないし》）が生まれますが、道貞の女性問題によってすぐに不仲になります。

次に長保2年（1000）頃、道貞と離婚しないまま恋仲になったのが、三代前の冷泉天皇の第三皇子、為尊《ためたか》親王でした。いわゆる不倫です。加えて天皇の皇子との身分違いの恋でもありました。世間からは「あまりにも情けない」（『栄花物語』巻第7「とりべ野」）と批判され、後ろ指を指されました。ところが、関係してから2年に満たない長保4年（1002）6月、為尊親王が26歳の若さで亡くなってしまいます。

当時、都で疫病が蔓延《まんえん》していました。それにもかかわらず、為尊親王は夜歩きをやめず、その結果、疱瘡《ほうそう》のような伝染病に罹《かか》って亡くなったのです（『権記』長保4年、『栄花物語』巻第7「とりべ野」）。為尊親王が同母弟の敦道《あつみち》親王とともに「少し軽々しい性格でいらっしゃる」（『大鏡』「兼家」）と評されるのもうなずけます。

為尊親王の死によってあっけなく関係が終わった翌長保5年（1003）、和泉式部はこともあろうに、為尊親王の夜歩き仲間で弟の敦道親王と恋人になります。敦道親王にとって和泉式部は、亡くなった兄の不倫相手。そうでなくとも、派手な男性関係の噂が常に絶えない女性です。さすがの敦道親王も、この恋には最初、躊躇《ちゅうちょ》があったようです。

しかし、和泉式部はそんな誹謗中傷に負けてはいませんでした。勅撰歌人の絶対女王は、自身の魅力を最大限に発揮するため、あらゆる手を尽くします。ぐずぐずし、なかなか陥落《おち》ない敦道親王の気持ちをひっくり返したテクニックとはいかなるものだったのか――。

第三条は、10カ月におよぶ和泉式部と敦道親王の恋の軌跡を記した『和泉式部日記』を読み解いて、恋愛という戦場でクールに戦う和泉式部のタフな姿に迫ります。

実はこの日記、和泉式部の自作とする説と他作説があります。他作説の根拠は、和泉式部が「女」という3人称で表現されているからですが、この「女」は作者としての和泉式部と一体化しているので、一般的には自作説が有力。ここでも自作説に従います。和泉式部を「和泉」、敦道親王は「宮」と呼ぶことにしましょう。

1 情熱より戦術

和泉と宮が初めて出会ったのは、為尊親王が亡くなった翌年の4月。恋多き女とはいえ、和泉は悲しみの中にいました。そんな彼女のもとに、小舎人童《こどねりわらわ》が訪れます。生前の為尊親王に仕えていたその少年は今、宮に仕えているとのこと。宮から託されてきた橘の花を和泉に渡します。和泉が和歌を返すと、宮は連続して2回も和歌を送ってきました。2回目にはこんな恋歌を詠んでいます。

うち出でてもありにしものをなかなかに苦しきまでも嘆く今日かな

私の気持ちを打ち明けなければよかった。中途半端にお伝えしたせいで、苦しいまでに嘆くはめになった今日の気持ちです

女はもともと思慮の深い方ではなく、慣れない孤独で鬱々としていた。そのため、

なんということもない宮の和歌に目がとまった。お返事としてこんな和歌を差し上げた。

今日のまの心にかへて思ひやれながめつつのみ過ぐす心を

嘆く今日とおっしゃいますが、宮はたったの1日。それに引きかえ、私の物思いは日々続いています

（『和泉式部日記』4月）

和泉も宮も1回目の和歌は故為尊親王に触れていますが、2回目のターンから為尊親王はまったく忘れ去られ、2人とも自身の恋心のみをぶつけ合います。宮は世間から「軽々」と評されるだけのチャラ男ぶりですし、和泉も和泉で大概ではありませんか。ただ注意しておきたいのは、和泉はそんな自分自身を「女はもともと思慮の深い方ではなく」と客観的に分析しているところです。

というのも、平安時代の女流日記では、作者が自分自身を客観的に描くのは稀だからです。

ほとんどの作品は主観に基づいて執筆されています。その点で『和泉式部日記』は、作者自身を客観視した異質な作品と言えるでしょう。和泉が「女」という3人称を用いるのもその表れかもしれません。

和泉と宮が和歌のやり取りを始めてから、ひと月も経たない夜。

宮は、右近の尉《うこんのじょう》という従者を連れて、初めて和泉を訪れます。戸惑う和泉。しかし「並々ならず優美で魅力的である」（『和泉式部日記』4月）という宮のイケメンぶりに惹かれて、受け入れました。とりとめもない話をしているうちに、2人の夜は更けてゆきます。

宮はこのまま何もなく夜を明かすのかとお思いになり、このような和歌を詠んだ。

はかもなき夢をだに見で明かしてはなにをかのちの世語りにせむ

はかない共寝の夢さえ見ずに一夜を明かしてしまったら、今後は何を思い出話として語りましょうか女は返す。

世とともにぬるとは袖を思ふ身ものどかに夢を見る宵ぞなき

ずっと夜ごとに袖を涙で濡らすわが身も、一夜どころかのどかに夢を見る宵すらありません

女は続けて「まして今夜はとても無理です」と申し上げる。

宮は「私はいつも軽々しく外出できる身ではありません。思いやりのない仕打ちのようにお思いになっても、本当に私の気持ちは恐ろしいほど高ぶっています」とおっしゃって、女の御簾《みす》の中に滑り込むようにお入りなさった。

（『和泉式部日記』4月）

宮は激情に流されるようにして和泉と契りを結びました。夜が明けるとお帰りになり、すぐに恋歌を送りました、和泉も返歌しました。すっかり宮との恋愛に夢中です。

「宮とこんなことになってしまうなんて……。私は本当に不思議な身の上だとしか言いようがない。あんなに為尊親王が愛してくださったというのに」

そう考えて、悲しく思い乱れていると、小舎人童がやってきた。今夜もおいでになるという宮からのお手紙を持ってきたのかしら、と期待したものの違っていた。大いにがっかりして情けなく感じてしまう。自分で自分をつくづく好色な女だと思う。

（『和泉式部日記』4月）

夢中になっていても、和泉は「好色な女」と客観的に自己分析をしています。自分が恋愛体質で多情な性格であると自覚しているのです。

ですから、派手な男性関係の噂もまんざら嘘ではなかったのでしょう。宮はその噂を気にするあまり、最初に契りを結んだ後はあまり熱心に通ってきませんでした。それどころか和泉の周辺に他の男の影を感じて、次第に足が遠のいていきます。宮に夢中な和泉とは明らかに温度差がありました。和泉はこの状況を打破すべく、宮に仕掛けます。

まずは宮に夜通いを誘う和歌を詠み、いつもの「小舎人童」ではなく、宮の側近である「右

近の尉」に届けました。右近の尉は側近にもかかわらず、侍従《じじゅう》の乳母《めのと》（宮の乳母）に大変嫌われている人物です。

宮が女の家に出かけようと薫物《たきもの》をして準備していると、侍従の乳母がやってきて以下のような説教をした。

「どちらにお出かけなさるのですか。宮がお出かけなさることを皆がとやかく言っています。あの女は特に身分の高い者ではありません。お使いになろうとお思いになるのでしたら、召人《めしうど》（主人の寵愛を受ける女房）として使われるのがよいでしょう。軽々しいお出かけは大変見苦しいものです。あの女のもとには、たくさんの男たちが通っています。そのうち不都合なことが起きるでしょう。だいたい良くないことはすべて、右近の尉の某が始めるものです。亡き兄宮様（為尊親王）も右近の尉がお連れして遊び歩いていました。夜中までお出かけしては決してよいことはございません。そんなロクでもないお供は大殿《おおとの》（藤原道長）に申し上げましょう。世の中は、今日明日とも知らず大きく変化しそうな様子で、大殿もご決心なさっていることがあります。世の中の情勢をお見届けなさるまでは、こんな外出はなさらない方がよいでしょう」

（『和泉式部日記』５月）

侍従の乳母は、右近の尉だけでなく男出入りが激しい和泉のことも嫌っていました。宮がそんな女のもとに出かけることを、亡くなった為尊親王の夜歩きを引き合いに心配しています。彼も右近の尉に連れ出されて遊んでいたことから、「だいたい良くないことはすべて、右近の尉の某が始める」と嘆き、藤原道長に通報するとまで言っています。

侍従の乳母にしてみれば、右近の尉が宮を悪い遊びに誘導しているように見えていました。しかし、それこそが和泉にとっては好都合。つまり、右近の尉こそが宮を自分のところまで確実にエスコートできる頼もしいアテンダーだからです。

そもそも、従者として宮を初めて和泉のもとに連れてきた実績もあります。ここぞという時こそ、手紙を託す相手は小舎人童ではなく右近の尉でしょう。

案の定、右近の尉経由で手紙を受け取るやいなや、宮は久しぶりに和泉のもとを訪れました。

せっかくの訪問なのに「明日は物忌《ものいみ》で家に籠る日である」（『和泉式部日記』5月）と言って、すぐに帰ろうとする宮を、和泉はすかさず「こころみに雨も降らなむ宿すぎて空行く月の影やとまると（ためしに雨が降ってほしい。わが家を通り過ぎてゆく、空を渡る月の光のような宮様が留まりなさるかどうか）」（同）と得意の和歌で引き留めます。効果はてきめん。

宮は「人が噂するより子供っぽい人だといじらしく思われた。『私の貴女』と親しげに呼んで、しばらく女の部屋にお入りになる」（同）と骨抜きになり、無事に宮の滞在時間を延ばすことに成功しました。

宮は、和泉と直接顔を合わせていれば、噂も気にならなくなっていきます。宮はギャップ萌えにも弱かったのでしょう。和泉は敢えて子供っぽい和歌を詠み、一途な女心を演出したのです。

チャラい男心をわしづかむ、緻密で冷静な戦術。燃え上がる情熱とは別次元の和泉の努力によって、宮との恋は順調に進んでいくはずでした。

2 見極めたチャンスは逃がさない

あの手この手を尽くす和泉。宮は彼女を思いきることができません。そうこうするうちに、宮に仕える女房たちがこぞって和泉の不行状を言いつけ始めました。和泉の男性関係についてあることないこと吹き込むのです。

チャラ男の宮はすっかり女房たちに洗脳され、和泉に対して「ひどく軽薄な女に思われて、久しく御文も書かなかった」(『和泉式部日記』5月)という状況に陥ってしまいました。

宮に伝えられた悪口のいくつかは、まったくの誤解でした。和泉が「宮は自分のことを大変素行の悪い女だと噂でお聞きなさっているのを、何とか修正したいものだ」(同)と願うのも無理はありません。しかし残念ながらその願いもむなしく、宮からはすっかり気持ちが冷めてしまったような手紙まで届くようになりました。せっかく宮の気持ちをつかんだのに、2人の関係は振り出しに。むしろ後退したかもしれません。

7月になって七夕の7日、宮から織女を詠み込んだ和歌が届き、月末には久しぶりに突然の訪問を受けました。和泉は一応、嬉しく思います。

しかしそれよりも、「思えばはかなく頼りない宮とのこうした関係で、自分の身の上を慰めるのは不本意で情ない」（『和泉式部日記』7月）と、悲嘆の気持ちが勝ります。自身を客観視できる和泉らしい心境です。ここで嘆くばかりで終わらせないのが、和泉のタフなところでしょう。

8月になると、和泉はつれづれを慰めるために、7日間ほど石山寺（滋賀県大津市石山）に参籠しました。一方の宮は、和泉に手紙を届けようとしたタイミングで、彼女の石山詣でを知ります。「おいて行かれた」と感じると執着心が芽生えるお子ちゃまな性格な宮は、急に和泉が気になりだします。小舎人童に「今日は日も暮れてしまった、明日の朝早く手紙を持って石山寺に行け」と命じました。小舎人童もいい迷惑です。

翌日、小舎人童は石山寺に籠る和泉を見つけ、宮からの手紙を渡します。

いつもよりすばやく宮からの手紙を引き開けてみると「深い信心からお寺に参籠する決心をなさったと思いますが、どうして事前に私に相談してくれなかったのですか。私を仏道の妨げになる、とまでは思わなくても、後に残してゆかれたのが情けないです」と書いてある。

関越えて今日ぞ問ふとや人は知る思ひたえせぬ心づかひを

逢坂の関を越え、私が今日お手紙を出すと想像できましたか。あなたには私の愛情が途絶えることがないと思いやってほしいです

続いて「いつ山を出て都に戻られますか」とも書いてある。都にいる時は、宮は大変間遠にしか訪れてこないのに、わざわざお手紙をくださったことが嬉しくて次のような返事を書いた。

あふみぢは忘れぬめりと見しものを関うち越えて問ふ人やたれ

近江《おうみ》にいる私にお会いになることはお忘れになっているかも、と思っておりました。逢坂の関を越えてお手紙をくださったのはどなたでしょうか

「いつ山を出て都に戻られますか」と聞かれましたが、私は並々ではない決意で山に籠ったのですよ。

山ながら憂きはたつとも都へはいつか打出の浜は見るべき

山に籠ったままでつらいことがあっても、いつここを出て打出の浜（琵琶湖畔）を見て都へ帰ることなどあるでしょうか

（『和泉式部日記』8月）

宮は和泉からの返事を受け取ると、すぐに和泉に下山を促す手紙を書きます。その手紙を小舎人童に託す時にも、「苦しくてもすぐに持って行け」とせっつきました。最初の手紙が「明日の朝早く行け」、2回目は「すぐに持って行け」ですから、宮の焦りが手に取るようにわかります。本当に大変な小舎人童。

和泉は、宮が逃げると追いかけてくるタイプであることをわかっていました。というのも、2人が出会って間もない頃、和泉が3日ほど洛外の寺詣でに出かけました。すると宮は早

く帰宅するよう、しきりに促してきます（『和泉式部日記』4・5月）。こういった些細な経験則を和泉は決して忘れませんでした。相手の機微をよく見抜き、それまでの宮とのやり取りから得た知識や印象を活かすことのできた和泉は、噂に惑わされる宮よりはるかに上手だったのです。

しばらくして和泉は石山寺から下山します。宮と手紙のやり取りをしながら、つかず離れずの関係が続いていた9月末、一気に潮目の変わる出来事が起こりました。

宮から和泉に、和歌を代作する依頼が来たのです。しかも送り先は「近ごろ語り合う仲であった親しい女性」（『和泉式部日記』9月）。その女性が遠くに旅立つことになったので、感嘆させる和歌を送りたいという、相変わらず無神経で厚かましい依頼です。

第一条の蜻蛉夫人にも同じような状況がありました。彼女はせっかく自他ともに認める裁縫の技術があるのに、怒りにまかせて依頼を叩き返し、自分の才能を見せつける絶好の機会を逃してしまいました。冷静な和泉はどう対応したのでしょうか。

宮はまあ、得意顔でいい気なことをおっしゃるものだ、と思った。しかし「代作のようなことはできません」と申し上げるのはとても生意気なことに感じたので「ご期待に沿えるような和歌をどうして私ごときが詠めましょうか」と書き、宮の代作をするなんて、本当は恥ずかしくていたたまれない気がします」とも書き添えた。

惜しまるる涙にかげはとまらなむ心も知らず秋は行くとも

別れが惜しい私の涙に、あなたの面影が残ってほしい。私の心も知らずに秋が去るのと同じようにあなたも私から去ってゆくとしても

紙の端には「それにしても」ともう一首、和歌を書いて差し上げた。

君をおきていづち行くらむわれだにも憂き世の中にしひてこそふれ

宮を残してその方はどこへ行くのでしょう。私でさえ、宮とのつらい世の中をやっと生きておりますのに

すると宮から「理想的な和歌の出来栄えでした、と申し上げるのも私が和歌に通ぶっているようで気が引けます。それにしても、あなたは邪推が過ぎますね。『憂き世の中』とあるのはいかにも私がひどい男のようです。あなたさえ、私を思ってくださるならつらい人生を生きていけるでしょう」とお返事があった。

うち捨てて旅行く人はさもあれあれまたなきものと君し思はば

私を捨てて旅に出る人なんてどうでもよいのです。あなたさえ私を2人といない唯一の者と思ってくださるなら

（『和泉式部日記』９月）

和歌は和泉にとって得意中の得意。宮の依頼に対して、そんなこと引き受けられませんと謙遜する体《てい》を取りながら、期待以上の和歌を詠みあげることで圧倒しました。さらには宮への恋歌まで書き付けたので、厚かましい依頼をした宮でさえ、ぐうの音も出ません。彼女にひれ伏すかのように、和泉への恋心を詠んだ歌を返しました。和泉の圧勝、完勝です。

和泉の勝因は、宮に対して「得意顔でいい気なことをおっしゃるものだ」という不快な気持ちをぐっとこらえたところでしょう。結局は和泉の我慢勝ち、チャンスを見極める選球眼が優れていたのです。

また彼女は、自身の素晴らしい歌才を、自分本位のタイミングで発揮しませんでした。どんなに優れた才能でも、それを自己都合でしか使わなかったら、周りの人間にとっては迷惑でしかありません。

チャンスの見極め方、繰りだすタイミングも含め、和泉の歌才はこの時、宮のためだけに最大限に有効活用され、宮はさらに骨抜きにされていきます。

3 得意分野こそが最終兵器

10月の時雨が降る寒い夜。月は雲に隠れ、あつらえたような趣深い風情を醸し出しています。和泉は恋しい宮への思いで心を乱しながらも、ぞくぞくするような感動でうち震えていました。宮はそんな和泉の様子に心を奪われます。

「世間ではこの女を多情、奔放などと批判ばかりするが、おかしなことだな。今、目の前にいる彼女はこんなにはかなげで物憂い女性ではないか」

宮はこんなことを考えながら、目の前の女を哀れにいじらしく感じずにはいられない。眠ったように臥せている彼女を揺り起こし、和歌を詠んだ。

時雨にも露にもあてで寝たる夜をあやしく濡るる手枕の袖

時雨や露などにあてず、あなたと一緒にいる夜なのに、不思議にも私の手枕の袖

は濡れています

女はつらいばかりで、お返事しようという気持ちにもなれない。ただ、月光の中で涙をこぼすばかり。彼女の涙を見た宮はいじらしさで胸がいっぱいになり、「どうして返事をしてくれないの。私の歌を聴いて嫌な気持ちになったのかな。そんなに泣いて可哀そうに」とおっしゃる。

(『和泉式部日記』10月)

和歌の代作で宮との距離をぐっと縮めた和泉。その後、決定的に宮の気持ちをつかんだのは、この時雨の夜の出来事でした。和歌の名手である彼女らしく、恋の歌のやり取りで距離を詰める……と思いきや、宮が詠んだ「手枕の袖」の歌に返歌することもせず、可憐に涙を流し続けます。宮はそんな和泉をいじらしく感じ、噂などあてにならないと反省します。和泉にしてみれば「してやったり」。臨機応変に男心を見抜き、状況に応じて得意の和歌さえ封印する。このケースでは、ロマンチックな夜景の中でひたすら涙を流す可憐でいじらしい演出を選びました。ただし、その程度で留まらないのが我らが「和泉式部」です。

「どうしてだか、心がかき乱される思いだけが募ります。宮のお言葉は耳に入っていいます。今後、ご覧になってください、私が『手枕の袖』を忘れるかどうかを」と冗談のように言い紛らわした。

こう語り合っているうちにしみじみとした風情の夜は、明けてゆく。朝になって宮は帰宅し、「女は頼りにする男もいないようだ」と気の毒に思われて、「今、どのようにしていらっしゃいますか」と書いた手紙を寄こした。その返歌。

今朝の間にいまは消ぬらむ夢ばかりぬると見えつる手枕の袖

今朝のうちにもう乾いてしまったでしょう。ほんのわずかな仮寝で濡れたように見えた宮の手枕の袖は

昨晩、女が「手枕の袖は忘れません」と言った通りだったので、おもしろいと思っ

た宮は、次のような和歌を詠み、女に送った。

夢ばかり涙にぬると見つらめど臥しぞわづらふ手枕の袖

ほんのわずか涙に濡れたとお思いのようですが、手枕の袖は涙で濡れて寝るに寝れずに困っています

（『和泉式部日記』10月）

宮が詠んだ「手枕の袖」に対して、和泉はまず「今後、ご覧になってください、私が『手枕の袖』を忘れるかどうかを」とだけ意味深に言います。

そして翌朝、自分を気に掛ける手紙をもらってから初めて、満を持して「手枕の袖」を詠み込んだ和歌を宮に送るのです。自分の得意分野である和歌を自由自在に操れるからこそできる技と言えるでしょう。

すっかりご満悦の宮は同じく「手枕の袖」を詠み込んで歌を返してきました。そして、ついに決心するのです。

先夜の空の風情が身に染みて、宮のお気持ちが動いた。それ以降、女のことが気がかりで足しげくお通いになる。そうやって女の様子をご覧になっていくうちに、女は噂と違って男馴れなどしておらず、ただただはかなげであると感じられてきた。それがとても気の毒に思われて、しみじみとお話をなさる。

「いつもこんなふうに独りで身を持て余して、物思いに沈んでいらっしゃるのだね。はっきり決めていたわけではないけれど、いっそのこと私の所へいらっしゃい。（中略）もしも、あなたがおっしゃるような寂しい暮らしをなさっているなら、私の邸《やしき》においでになればいい。北の方などもいますが、不都合なことはありません。私はもともとこういう外出が似合わない身の上なので、誰もいない所で女性とちょっと逢うということは苦手です。仏のお勤めをするのさえ、一人でします。同じ心であなたとお話ができれば、心も癒やされるのではないかと思うのです」

（『和泉式部日記』10月）

宮から邸に来るように誘われた和泉。とうとう宮のハートをロックオンです。これで和泉は宮とのハッピーエンドに一直線……と思いきや、この後も優柔不断な宮は、何かとうじうじ悩み、それにつられて不安になる和泉。周りばかり気にして決断できない宮にやきもきするばかりの和泉は、ついに最終兵器を放つのでした。

宮はここ2、3日、なんのお便りもくださらない。「ご自宅に招くと頼もしくおっしゃったことも、どうなってしまったのだろうか」と思い続けると、眠ることもできない。目を覚まして横になっていると、夜も次第に更けてくる。その時、門を叩く音がした。誰だろうか、心当たりがない。取り次ぎの者に尋ねさせると、宮からのお手紙だった。思いがけない時刻なので、「心が通じたのかしら」と嬉しくなった。妻戸を押し開けて手紙を読んでみる。

見るや君さ夜うちふけて山の端にくまなくすめる秋の夜の月

あなたは見ているだろうか。夜が更けて山の端に曇りなく澄んでいる秋の夜の月を思わず月が眺められて、いつもより宮の歌が身に染みて感じられた。門も開けないで待たせているから、お使いの者が待ち遠しく思っているだろうと思い、すぐに返歌を差し上げる。

ふけぬらむと思ふものから寝られねどなかなかなれば月はしも見ず

夜が更けただろうと思うものの眠れません。しかし、月を見ると却って物思いが増えるばかりなので見ないようにしています

宮はこの返歌を見て、衝撃を受けた。女も月を眺めている歌を返してくるとばかり思っていたので意表をつかれたのである。

「やはり彼女はつまらない相手ではない。何とかして近くにおいて、こういうちょっとした歌を詠ませて聞きたいな」と、女を邸に移らせる決心を固めた。

（『和泉式部日記』10月）

和泉は、宮の予想をはるかに上回る素晴らしい和歌を返しました。まるで戦艦の主砲のような威力を持つ和泉の恋歌を、まともに喰らった宮はあえなく撃沈。まさに勅撰歌人絶対女王の面目躍如です。

この後、宮は積極的に宮廷入りを勧めてくるようになり、逆に和泉の方が及び腰になります。宮はのぼせ上っているので、「女に対して冷淡に接してきた過去のことまで後悔なさる」（『和泉式部日記』10月）ほどの入れ込みよう。一方の和泉は、宮の豹変ぶりに「勝手な考えである」（同）と、例によって客観的に批判します。

12月18日、とうとう和泉は宮に導かれて宮廷に移りました。それ以来、宮は和泉の部屋に入り浸り、片時も離しません。寵愛《ちょうあい》が過ぎて、正妻である北の方（藤原済時《なりとき》の娘）の住む部屋にまで和泉を連れていこうとする始末。当然、北の方は嫌な気持ちになり、宮に不機嫌な態度を取ります。すると宮は北の方の部屋に寄り付かなくなって、ますます和泉の部屋にばかりおいでになるのでした。

北の方は、あまりの仕打ちに屈辱を感じ、宮に苦情を訴えます。宮は、のらりくらりとはぐらかし、北の方に謝罪するどころか和泉を一層偏愛します。北の方に仕える女房たちは、和泉と宮に非難轟々です。

とうとうたまりかねた北の方が、宮の邸を出ることにしました。姉君である東宮（後の三条天皇）の女御《にょうご》（藤原娍子《せいし》）に迎えの車を出してもらって、実家に引き上げます。可哀そうな北の方。さぞかし和泉を恨んだことでしょう。

そんな状況についてさえ、和泉は「やはり物思いの絶えないわが身だな、と思う」（『和泉式部日記』1月）と最後まで客観的に分析しています。

おわりに

和泉が宮の邸に移ってから3年10カ月後。寛弘4年（1007）の10月に、宮はわずか27歳の若さで亡くなります。兄の為尊親王の時と同様、和泉にとって早すぎる別れでした。こんな短期間に連続して愛する人と死別したら、普通の女性ならば気落ちして出家などするのではないでしょうか。

その点、和泉は違いました。宮の死から間もない寛弘年間の末（1008～11年頃）、一条天皇の中宮彰子《しょうし》に女房として出仕しました。紫式部の同僚です。さらには長和2年（1013）頃、彰子の父・藤原道長の家司《けいし》を務めた藤原保昌《やすまさ》と再婚します。保昌は武勇の誉れ高い人でした。寛仁4年（1020）頃に保昌が丹後守《たんごのかみ》に任じられると、和泉は夫とともに丹後国に下ります。

和泉の晩年については詳しくわかりません。中世になるとエロティックな女性としてデフォルメされ、和泉が好色な道命阿闍梨《どうみょうあじゃり》と同衾した（『宇治拾遺物語』）とか、母子相姦した（御伽草子『和泉式部』）といった物語が創作されます。

こういった不名誉な話は、和泉がまったく相手にしないようなモテない男性の間で創られたのか、それとも和泉を誹謗中傷した女房たちのような女性が制作したのでしょうか。

いずれにしても、タフでクールな和泉のことです。仮に不名誉な作り話を耳にしたところで、それを逆手に取るぐらい、彼女には訳ないことではないでしょうか。

第四条 最後に結果を出す

〜『紫式部日記』『紫式部集』紫式部〜

紫式部系図

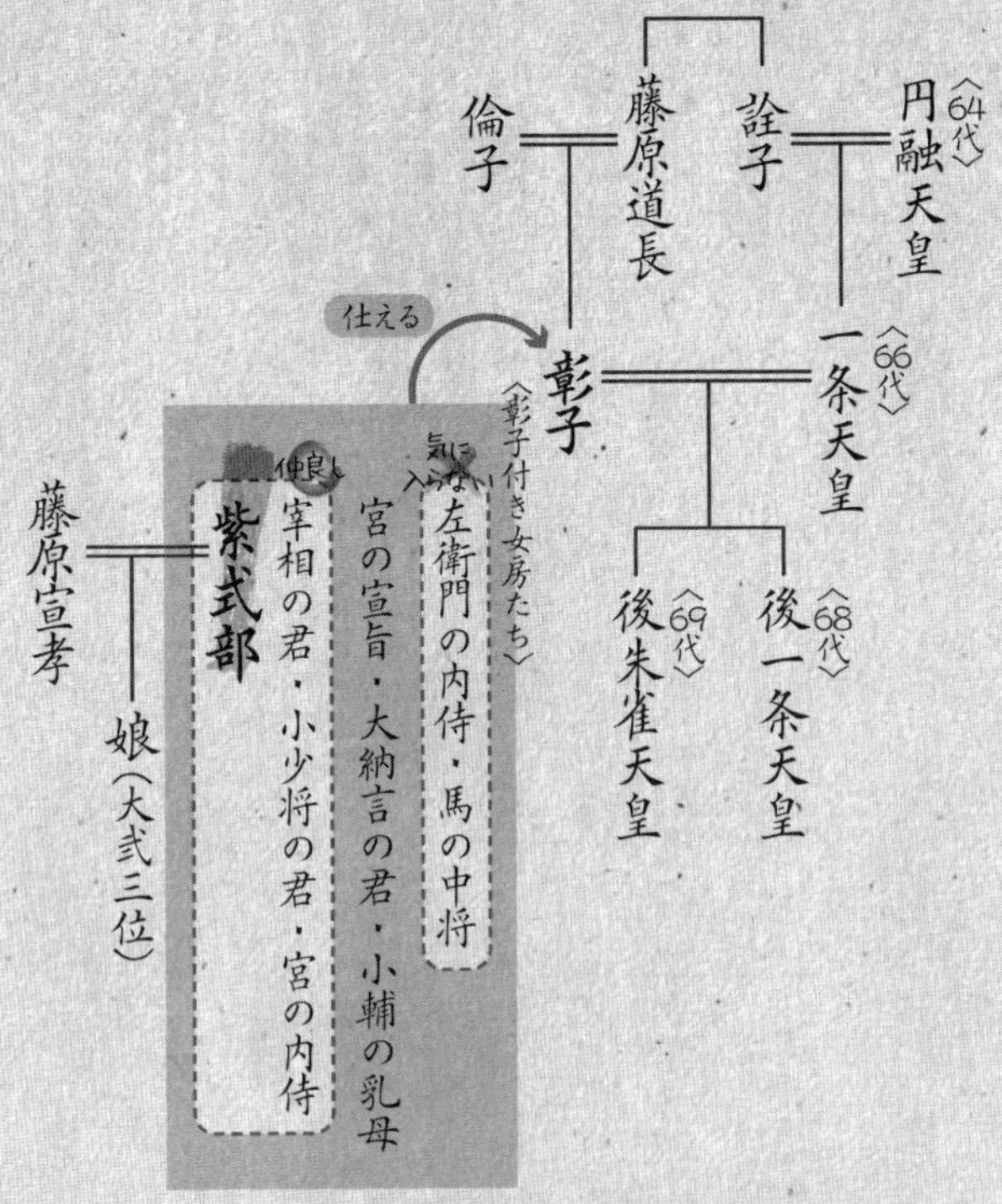

紫式部日記《むらさきしきぶにっき》

藤原道長の要請で宮中に上がった紫式部が寛弘5年（1008年）秋から寛弘7年（1010）正月までの宮中の様子を書いた日記と手紙。全2巻。当時の人々の生き生きとした行動が描写され、史料的価値も高い。『源氏物語』の世の評判、他の女房らの人物評のほか、自らの人生観なども書かれている。また『紫式部集』は紫式部の和歌集で、思想的背景や彼女が感じていた人生の不条理、虚無感などの心理がくみ取れる。

はじめに

日本古典文学の最高峰とされる『源氏物語』が登場したのは今から1000年前、華やかな王朝文化が栄えた平安時代中期でした。作者は言わずと知れた紫式部。現代で言えば、さしずめミリオンセラーの超売れっ子作家といったところでしょう。しかも紫式部が仕えた中宮彰子《しょうし》は、時の権力者・藤原道長の娘にして一条天皇のお后さま。息子2人は後一条天皇と後朱雀天皇で、二代にわたる国母として圧倒的な権勢と崇敬を集めました。

紫式部が初めて中宮彰子のもとに上がったのは寛弘2年（1005）（もしくは翌年）の12月29日。夫である藤原宣孝《ふじわらののぶたか》と死に別れてから4〜5年後のことでした。夫が亡くなった翌年から『源氏物語』を書き始め、友人たちに見せているうちに評判になります。それが道長の知るところとなり、乞われて出仕することになったのです。

華麗なる中宮彰子の威光を浴びながら、煌びやかな後宮に出仕していた一流の物語作家。その宮中デビューは、果たしてどんな様子だったのでしょうか。

誰でも初めて出勤する時は緊張します。清少納言も初めて宮中に出仕した時は「涙も落ちてしまいそう」（『枕草子』第177段）と書いています。それでも清少納言は「毎夜出仕した」（同）と踏ん張ったのですが、対する紫式部はどうでしょうか。

第四条は、紫式部の回想録である『紫式部日記』を読み解き、宮仕えで悪戦苦闘しながらも、『源氏物語』という結果を残した姿を紹介します。自他ともに認める一流作家である紫式部を「式部先生」、彼女が仕えた中宮彰子を「彰子さま」と呼ぶことにします。

1 人間関係は苦手なの

式部先生自身が選集した『紫式部集』という歌集には、出仕し始めた頃に詠んだ和歌がいくつか残されています。

初めて内裏《だいり》を見た時、しみじみと感じられた。

身のうさは心のうちにしたひきていま九重に思ひみだるる

我が身のつらさは心の中にまでつきまとってきた。今、この宮中で私の心は幾重にも思い乱れている

（『紫式部集』57）

まずは、初出勤時の心境を詠んだものから。不安に押しつぶされそうな様子が伝わってきます。そして数日後。

内裏に出仕して物なれず、気持ちも落ち着かないのですぐに故郷に帰ってしまった。その後、宮中でほんの少し語り合った女房に歌を送った。

閉ぢたりし岩間の氷うち解けば緒絶えの水も影見えじやは

凍結した岩間の氷（打ち解けがたい宮中）が暖かい春になって解けるなら（温かい気持ちで打ち解けてくれるなら）、流れの途絶えている川水（宮中）が流れ出し、人影が映って見える（私も宮中に出仕する）ことでしょう

（『紫式部集』58）

なんと初出勤後、すぐに自宅に逃げ帰っているではありませんか。それでも帰った直後は、式部先生なりに何とかしようと考えます。しかしそれは、短い出勤期間にわずかに交流した同僚に宛てて「仲良くしてください、そうしたら私は出仕できます」という自分勝手な和歌を送るというものでした。

返歌が届いた。

深山辺の花吹きまがふ谷風に結びし水も解けざらめやは

深山辺の花（彰子さまに仕える女房たち）を吹き散らす、温かい谷の風のような彰子さまの慈愛ならば、凍っていた水が解けないことがありましょうか

（『紫式部集』59）

そもそも式部先生が出仕したのは年の瀬も押し迫ったあわただしい時期。和歌を送られた同僚の女房だって暇ではありません。大作家が機嫌よく出仕できるように、何でわざわざ自分が

配慮しなければならないのだ、と思ったはずです。同僚は「彰子さまに頼ったらどうですか」とそっけなく突き放しました。忙しい中でも返歌をくれた同僚の状況にはまったく興味がなく、それよりそっけない返事にショックを受けた式部先生は、すっかり心が折れてしまいます。

年が明けて正月10日頃、彰子さまから「（出仕して）春の歌を献上するように」と声がかかっても（『紫式部集』60）、3月頃には中宮付きの古参の女房から「いつ参上なさいますか」というお誘いの和歌が送られてきても（『紫式部集』61）、頑なに出仕拒否する式部先生。理由は「自身の苦悩」です。

確かに、出仕する前の式部先生が交流していたのは、同じ受領《ずりょう》階級の貴族たちだけ。しかも家の中だけでした。それが初めて華やかな宮中に上がり、会ったこともなかった上流貴族たちや洗練された同僚女房たちの中に放り込まれて、圧倒されるのはわかります。それに彼女は、決して明朗な性格ではありませんでした。どちらかといえば繊細でナイーブ。そよほど傷ついたのでしょう。プラスして攻撃的な一面が高じて、同僚を逆恨みするようになります。

こんなに思い悩んでくじけそうな私に対して「ずいぶん上﨟《じょうろう》ぶっていること。偉そうね」と同僚女房が言っているのを聞いた。

わりなしや人こそ人と言はざらめみづから身をや思ひ捨つべき

まあなんて無茶なことを言うのかしら。人は私のことを人並みの人数にも入らないように言う。だからといって、自ら我が身のことを見捨ててしまえるだろうか、いや、そんなことは出来ない

（『紫式部集』63）

私ってこんな可哀そう。なのに私に悪口を言う人がいる——。式部先生はひたすら恨み節を吐きます。同僚たちが本当に悪口を言っていたとしても、仕事もせずに自宅に引きこもっている式部先生に同僚たちがよい感情を持たないのは当然でしょう。

「悪口を言われている」というのは、式部先生の被害妄想だったかもしれません。というのは、出仕拒否して約5カ月、見かねた同僚女房から温かい手紙が届いたからです。

薬玉を贈ってくれた人が詠んだ歌。

忍びつるねぞあらはるるあやめ草いはぬに朽ちてやみぬべければ

隠れていたあやめの根が見えるように、私もあなたへの隠していた思いをお見せします。このように言わなければ、まるで根が朽ちておしまいになってしまうように、あなたが里に居続けてしまいそうなので

（『紫式部集』64）

薬玉とは薬草を丸めて玉にしたもので、邪気を払って息災を願う意味があります。当時の貴族社会では菖蒲《しょうぶ》の節句（5月5日）、互いに薬玉を贈り合う習慣がありました。宮中の女房たちは、式部先生が思い込んでいるほど冷たい人ばかりではありませんでした。年中行事の習慣にかこつけて出仕を促す和歌を詠み、手を差し伸べてくれる人だっていたのです。

それなのに、答える式部先生はトーンの相変わらず暗いこと……。

それに対する私の返歌。

今日はかく引きけるものをあやめ草わがみ隠れにぬれわたりつる

今日は私を引き立ててくださったのに、あやめ草のように我が身は水底に隠れて
涙に濡れています

（『紫式部集』65）

式部先生は、「同僚が気にかけてくれているから気を取り直して元気になろう」という考えを持ち合わせていませんでした。清少納言が同じように引きこもっていた時、定子さまの手紙で一瞬で立ち直った（『枕草子』137段）のとはわけが違います。ですが、これをきっかけに「また行ってみようかな」とは思ったようです。

初出勤からわずか数日働いただけで、数カ月間の引きこもりを経て再出仕する。式部先生は、はっきり言ってしまえば「人間関係に難あり」、つまり「円滑な人間関係を構築するのが苦手なタイプ」でした。もっと言えば、独りよがりで恨みがましくもありました。

そうはいっても、日本文学史上最高傑作のひとつと言われる『源氏物語』の作者です。彼女の才能によって『源氏物語』が生まれたのは間違いないのですが、この物語が世に出て、しかも評価されるようになったのは、彰子さまとその父・道長のバックアップのおかげだったのは言うまでもありません。気難しい彼女が、宮中の華やかで、かつ複雑な人間関係を生き抜くのは大変だったのではないでしょうか。

2 非情で冷静な観察眼

『紫式部日記』は、式部先生が彰子さまに出仕してから数年後、寛弘5年（1008）秋から1年数カ月間にわたる宮中での生活を綴った日記です。

この間の最も大きな出来事は、彰子さまが実家である土御門殿《つちみかどどの》で、敦成親王《あつひらしんのう》（後の後一条天皇）を出産したことでした。彰子さまの初めての出産と男子誕生に沸く道長一家。式部先生は、出産前後のさまざまな儀式の様子を壮麗かつ緻密な筆で正確に描写しています。『紫式部日記』が平安時代の女流日記にしては珍しく記録性の高さを評価される所以《ゆえん》です。

道長の孫である皇子の誕生は、一家の栄華の確かな一歩となる盛大な祝い事でした。

新生児誕生の初夜から3、5、7、9日目の夜に親戚・知人が集まって和歌や管絃を楽しみながら祝宴を行う「産養《うぶやしない》」という通過儀礼があります。そのうち、式部先生は5日目の祝宴の場面を詳細に記しています。博識な彼女らしく、作法通りの儀礼が執り行われたことが正確に記録されているのです。細部にまで目を行き届かせた流麗な文体は、まさに一流の物語作家の面目躍如といったところでしょう。

さらに、式部先生の非凡なところは〝光〟の部分だけでなく、必ず〝影〟にも目を向けるところです。


彰子さまの御帳台の東に面した二間ほどのところに、30人ばかり並んでいる女官たちの様子はまさに見ものであった。

儀式用のお膳を供えた采女《うねめ》(給仕担当)たちに続いて、水司《もいとり》(飲料や粥・氷室など担当)、御髪上《みぐしあげ》(理髪担当)、殿司《とのもり》(輿車・御帳・薪炭など担当)、掃司《かんもり》(掃除・式場の設備担当)といった顔も知らない女官たちが並んでいる。粗略な装束で、安っぽい化粧に棘が乱れ生えたような髪飾りを付け、さも儀式ばった様子なのは、闈司《みかどづかさ》(後宮の門鍵の管理・出納担当)たちであろうか。彼女たちが、寝殿の東の縁や渡り廊下の妻戸口まで無理やり座り込んでいるため、人が通ることも出来ない。

お膳を差し上げ終わると、女房たちは御簾《みす》の傍に座った。灯火に照らされて、装束がキラキラしている。特にこのお邸《やしき》の宣旨《せんじ》の女房を務める大式部《おおしきぶ》のおもとの裳《も》(腰

紐が付いたプリーツスカート風衣服）や唐衣《からぎぬ》（ウエスト丈の上着）には、小塩山の小松原の景色が刺繍してあり、とても趣がある。彼女は陸奥守《むつのかみ》の妻である。大輔《たいふ》の命婦《みょうぶ》は、飾りを付けない白無地の唐衣と、銀泥《ぎんでい》の裳にとても鮮やかな大海の景色を表現しているのが、目立ちはしないが見た感じがよい。弁《べん》の内侍《ないし》が、裳に銀泥の洲浜《すはま》（入り組んだ浜辺模様）をあしらって、鶴を立てているのは珍しい。裳の刺繍も松の大枝で、鶴の千年の齢と松の末長さを競わせるのは気が利いている。このお邸の古参女房である少将のおもとの裳が、これらの人々には見劣りす

る白銀の箔なので、人々はそっとつつき合って笑っている。

（『紫式部日記』寛弘5年9月）

まず注目したいのは、「顔も知らない」女官たちについて、〝権門勢家のめでたい席に場違いに集まった面々〟と言わんばかりに書いていることでしょうか。式部先生は、最下位級の女官である「水司」「掃司」といった者たちが混じっていることを目ざとく指摘しているのです。よくも悪くも平安王朝文化の隆盛は、傲慢なまでに洗練された上流貴族たちの美意識に支えられていました。つまり、こういった面々は上流階級のパーティーに「ふさわしくない」と言われても仕方ないのです。

それから同僚の女房たちの美麗な装束について、これでもかと言わんばかりに細かく観察していることも注目ポイントです。祝儀の席らしい女房たちの華やかな装束の中で、「少将のおもと」の身なりが「これらの人々には見劣りする」と指摘。さらには皆に陰で嘲笑されたとまで書き込んでいます。

せっかくのお祝いの席に晴れがましい装いが出来ないのは、現代でいうと冠婚葬祭のマナーに外れた服装をしているようなものです。当時の感覚では今以上にNGでした。こうした些細なことも見逃さない鋭い観察眼は、一流の物語作家らしいといえばそれまでですが、ある意味非情でもあります。

それにしても式部先生は、「場違いなところに臆面もなく出てくる」ような人物が嫌いなようです。平安時代の貴族社会では、現代でいうところの〝多様性〟が認められていませんでした。そのため、先例に倣った〝規範通り〟が重視されていたのです。礼法に基づく振る舞いこそが正解で洗練されている、という価値基準です。式部先生もなにはさておき、規範通りであることを重視しました。宮仕えの人間関係は苦手でも、宮廷文化の基盤となるる価値観については誰よりもしっかりと理解し、遵守していたのです。

だからこそ、価値基準を外した相手に容赦しないのが式部先生。その最たる例として、寛弘5年の新嘗祭《にいなめさい》（天皇が収穫を感謝する宮中祭祀）の豊明《とよあかり》の節会《せちえ》という饗宴で、弘徽殿《こきでん》女御《にょうご》（藤原公季《きんすえ》娘の義子《ぎし》）付きの女房、左京《さきょう》の馬《うま》への〝嫌がらせプレゼント〟事件が挙げられます。

豊明の節会に出演する舞姫たちのうち、侍従《じじゅう》の宰相《さいしょう》（藤原実成《さねなり》）が世話した舞姫たちの部屋は、中宮さまの御座所からすぐ見渡されるほど近い。立蔀《たてじとみ》（屋外に置く目隠し用のついたて）の上から、出衣《いだしぎぬ》（装束を簾《すだれ》の下から出して装飾としたもの）が美しいと評判の高い簾の端も見える。人の何か話す声がほのかに聞こえてきた。「あの弘徽殿女御さまのところで、左京の馬という人がかなり慣れた態度で交じっています」と宰相中将（源経房《つねふさ》）が話し始めた。「先夜、侍従の宰相の舞姫の介添役として座っていた女房のうちで東側にいたのが左京ですよ」と源少将（源済政《なりまさ》）も言う。左京のことを知りたがっていた彰子さま付きの女房たちは「左京ったら、前はお上品ぶって自由に振る舞っていたのに、今は舞姫の介添役に成り下がってるなんて笑える〜。本人は人目を忍んでいるつもりだろうから、暴き出してやりましょうよ」と盛り上がった。

（『紫式部日記』寛弘5年11月）

早い話がいじめの相談です。白楽天の漢詩『新楽府《しんがふ》』其四「海漫漫《かいまんまん》」を踏まえた意地悪を仕掛けたのは式部先生でした。

この漢詩は、伝説の地「蓬莱《ほうらい》」に生えるとされる「不死かつ仙人になれる薬草」を求めて船出した童男と童女が、薬草を発見できないまま船の中で年老いていくという内容。式部先生らしく漢詩の知識を駆使して、左京が年を取っていることを当てこすったのです。


彰子さまの御前にたくさんある扇の中から、蓬莱山の絵が描かれた扇を選ぶと、「どうせあちらはわかりゃしないだろう」とその扇を硯箱のふたに広げ、豊明の節会の舞姫の髪飾りである日蔭の鬘《かずら》を丸めて載せたり、反らした櫛《くし》やおしろいの端々を念入りに結んだりした。

「左京は少し盛りの年を過ぎた方なので、櫛の反りが平凡だな」と公達《きんだち》（源経房や源済政）がおっしゃるので、若者風にみっともないくらいに櫛の両端を反らした。また、黒方《くろぼう》（薫香の名前）をおし丸めて、ぞんざいに両端を切り、白い紙二枚を一重ねにして立文の形にした。それから、大輔のおもと（前出の彰子さま付きの女房・大輔の命婦）に次のような和歌を書きつけさせた。

おほかりし豊の宮人さしわきてしるき日かげをあはれとぞ見し

大勢いた豊明の節会に奉仕した宮人たちの中で、ひときわ目立ってはっきり見えた日蔭の鬘のあなたをしみじみと拝見しました

（『紫式部日記』寛弘5年11月）

式部先生はこうした漢詩に基づく趣向を凝らしていることについて、「どうせあちらはわかりゃしないだろう」と見下しています。相手に伝わらなければ意味がないようにも思いますが、わからないことも含めて笑いものにしているのです。

さらに式部先生一派は、この手紙を弘徽殿女御付きの女房である「中納言の君」から預かったものという設定にしました。左京の馬に顔を知られていない者に持たせて「弘徽殿女御さまからのお手紙です」と偽り、左京に届けたのです。身元を隠す意図があったためです。

しかし、すぐバレました。わずか6日後、弘徽殿女御の父親である藤原公季から御随身《みずいじん》（上級貴族の護衛官）を介して、彰子さまに贈り物が届けられたのです。なんと、左京への嫌がらせプレゼントの箱のふたに銀製の冊子箱が置かれ、その中に鏡や櫛や笄《こうがい》が詰め込まれていました。さらには箱のふたに例の「日かげ」の返歌が書かれているではありませんか。

式部先生は、自分たちの嫌がらせを、公季が彰子さまからの贈り物と誤解したためにこんな大仰な返事をしたと考えました。「ちょっとしたいたずらごとに対して、お気の毒に、こんなに大袈裟なことをなさって」（『紫式部日記』寛弘5年11月）としれっとした反応です。匿名で意地悪を仕掛け、バレたらバレたで「ちょっとしたいたずらごと」。式部先生はまったく反省していません。

それもそのはず。左京が使えている弘徽殿女御の弟は、彰子さまの中宮職（后妃に関わる事務などを扱う役所）次官の藤原実成《さねなり》でした。道長政権下においては、彰子さまに奉仕することで出世を狙っているような地位です。弘徽殿女御自身も長徳2年（996）に入内《じゅだい》して以来、一条天皇の寵愛をあまり受けられずに一度も懐妊していません。いわば彰子さまよりもダントツに格下のキサキ。式部先生一派は優位な立場から、すべてにおいてやりたい放題でした。

ここまで、式部先生が徹底的に嫌がらせをしたのはなぜでしょう。清少納言もそれなりに意地悪をしますが、それはあくまで大好きな定子さまの矜持を守るために〝暴走〟した結果。式部先生にはいったいどんな理由があったのか。

年老いて落ちぶれた左京の馬が、豊明の節会という晴れがましい場で堂々と振る舞っている。なんて似つかわしくない、厚かましいことと、式部先生は腹を立てたのではないかと思います。彼女は、まばゆく輝く貴族社会にふさわしくないものは断固許すことが出来なかったのでしょう。だからこそ、嫌がらせプレゼントの扇を選び、意地悪な和歌を詠んで、式部先生自ら、いじめの首謀者となったのです。

彰子さまは、式部先生たちの嫌がらせプレゼントを知って「同じことならば、趣があるようにして、扇などももっとたくさんあげたらどう?」（『紫式部日記』寛弘5年11月）と口を挟んでいます。彰子さまは自分の女房たちが意地悪することを決して望んではいませんでした。式部先生はこれに対しても「このプレゼントは彰子さまからの下賜、といった大仰なものではなく、ほんの私事のものなので」（同）としゃあしゃあと答えます。

式部先生は自分の意志で嫌がらせをしました。式部先生の行動原理は、あくまで華やかで煌びやかな王朝文化を愛してやまない強い思いに支えられていたのです。『源氏物語』が平安王朝文化の粋を集めていたのも当然のことと考えられます。

さて、嫌がらせプレゼント事件から1カ月半後の大晦日、今度は宮中で本当の〝恐ろしい事件〟が起きました。

大晦日の夜に悪鬼を祓う「追儺《ついな》」という行事が早めに終わった時。式部先生たちが一息ついていると、彰子さまの部屋の方からものすごい悲鳴が聞こえてきました。式部先生たちは何をおいても彰子さまの安否を確認するべく、震えながら駆け付けます。すると、式部先生より格下の同僚女房である「靫負《ゆげい》」と「小兵部《こひょうぶ》」の2人が裸でうずくまっているではありませんか。あろうことか宮中に強盗が入って、2人は文字通り身ぐるみはがされたのです。式部先生は恐怖心でぞっとしながらもてきぱきと事に当たり、何とか一件落着となりました。この事件について「本当にとても恐ろしかった」（『紫式部日記』寛弘5年12月）と書いています。

その後、彰子さまは納殿《おさめどの》（衣装や調度などの収納場所）にある衣装を取り出させて、衣装を盗まれた2人の女房に賜った。強盗は元日用の晴着は盗らなかったので、靫負も小兵部も何事もなかったようにしている。けれども、私は2人のあの裸姿が忘れられず、恐ろしく思う一方で何かおかしいような気もする。しかし、2人が気の毒なので口に出しておかしいとは言わないでいる。

（『紫式部日記』寛弘5年12月）

怖かった割には、緊張感みなぎるこの恐ろしい事件の被害者たち、しかも同僚の裸姿が笑える、と面白がっているのが、何とも式部先生らしいところです。この非情なまでに冷静で客観的な観察眼は物語作家としては重要な素養と言えるでしょう。ただ、靫負や小兵部の身になってみると少し気の毒です。もしかしたら同僚女房たちの中には、そんな式部先生に対して苦手意識を持つ人もいたかもしれません。

なにはともあれ、確固たる王朝文化愛と冷静な観察眼こそ作家としては何物にも代えがたい資質です。式部先生は人間関係をうまく作れない代わりに、物語作家としては類まれな才能を持ち合わせていたということです。

3　本領発揮の原動力

出産後の彰子さまが内裏にお戻りになる日も近づくと、女房たちは行事が立て込み、のんびりくつろぐ暇もない。彰子さまは物語の冊子を作られるというので、夜が明けると、私は真っ先に彰子さまの御前に伺った。色とりどりの紙を選び、それに物語の原本を添えては、あちらこちらに書写を依頼する手紙を書いて配る。さらに清書の済んだ物語を綴じ集めて整理するのを毎日の仕事にしている。こうした作業を見た殿（藤原道長）が「どうして子持ちの彰子さまが、こんな寒い時期にこのようなことをなさるのですか」と彰子さまにおっしゃる。それでも殿は、上等の薄様《うすよう》の紙や筆、墨などを集めてきて、さらに硯までを持ってきた。彰子さまがこの硯を私に下さったのを見て、殿は大袈裟に惜しみながら、「あなたはいつも奥まったところに隠れているのに、こんな仕事を始めるとは」と責めたりする。けれども殿は私にも上等な墨挟みや墨、筆などを下さった。

（『紫式部日記』寛弘5年11月）

これは彰子さまが出産後、内裏に戻る準備を進めている場面です。ここに見える「物語」こそ『源氏物語』です。彰子さまは夫である一条天皇へのお土産として、宮中で評判の『源氏物語』を冊子にしました。

彰子さまは、この魅力的なお土産を手元において、一条天皇に一緒に読もうとお誘いしたのです。毎夜、2人で同じ物語を読む——。『源氏物語』は、彰子さまと一条天皇が仲睦まじく結ばれるために不可欠なものでした。道長さまにとっては、一条天皇と彰子さまが仲良く、そして彰子さまがご懐妊することこそが一家栄達の足掛かり。そのため、『源氏物語』の豪華本の製本作業に積極的に協力しているのです。

このように、道長一家の命運を担う鍵、と言っても過言ではなかった『源氏物語』。当時、物語は漢詩・和歌より格下と見なされていましたが、『源氏物語』だけは別格です。作者である式部先生は、製本の作業も取り仕切りました。そして一条天皇は、彰子さまの思惑通り、『源氏物語』に興味を持ちます。

左衛門《さえもん》の内侍《ないし》という人がいる。この人はわけもなく私のことを不快に思っていた。

主上《おかみ》が『源氏物語』を人に読ませてお聞きになっていた時、「この作者は、きっとあの難しい『日本紀《にほんぎ》』を読んでいるに違いない」とおっしゃった。それを聞いていた左衛門の内侍が、当て推量で「式部先生はたいそう学識があるんだってさ」と殿上人などに言いふらし、私に「日本紀の御局」というあだ名まで付けたのは笑止千万である。私は自分の実家の侍女たちの前でさえ漢籍を読むことを隠しているのに、宮中のようなところで、学識があるのをひけらかすわけがない。

弟の式部丞《しきぶのじょう》（藤原惟規《のぶのり》）が子供時代に漢籍を読んでいた時、私はいつもそばで一緒に聞き習っていた。弟は理解するのが遅く、すぐに忘れるところもあったが、私は不思議なほど習得が早かった。なので、漢籍の学問に熱心であった父親が「この子が男子でなかったのは残念なことだ」といつも嘆いていた。

（『紫式部日記』寛弘６年（１００９））

一条天皇は女房に『源氏物語』を朗読させて、「本当に学識があるようだ」と感心し、式部先生を評価しました。そもそも式部先生は、子供の頃に弟が父から漢籍を習っているのを横で聞いて先に覚えてしまった人です。父の為時は当代を代表する漢詩人の1人でした。そんな為時が式部先生の漢学の才を知って、「残念なことだ、この子が男子でなかったのは不幸だ」と嘆いたくらいですから、相当優秀だったのでしょう。

それなのに、「男性でさえ漢文の素養を鼻にかける人は、いかがなものでしょうか。派手な栄達はしないもののようですよ」と言われることを知ってからは、「一」という漢字さえ書いてみせたことはない。無学なふりをしているのに、こんなあだ名を付けられた恥ずかしさといったら。屏風の上に書いてある字句さえ読めないふりをしているのに。

ところが、彰子さまが御前で『白氏文集《はくしもんじゅう》』のところどころを私に読ませたりして、漢籍を勉強したいというご意向を待っていた。なので極力人目を避け、ほかの女房がいない合間合間を狙って、一昨年の夏ごろから『新楽府』という書物をお教えしている。もちろん、このことも隠している。

彰子さまも隠していたが、殿も主上も気付いている。殿は漢籍を書家に書かせた豪

華本を彰子さまに献上した。彰子さまが、私に漢籍を習っていることまでは、さすがに口うるさい内侍もまだ聞きつけていないだろう。もし知ったならば、今度はどんな悪口を言うだろうかと思うと、世の中は本当に煩雑で嫌なものだと思わずにいられない。

（『紫式部日記』寛弘6年）

式部先生はこの漢学の才をひた隠しにしていました。「男性でさえ漢文の素養を鼻にかける人は、いかがなものか」という世評を耳にしたからです。実際のところ、父の為時も漢学の才に秀でていたにもかかわらず、長い間、仕事に就けないという憂き目に遭いました。式部先生の同僚、赤染衛門の夫である大江匡衡《おおえのまさひら》もまた、出色の儒学者でしたが出世には恵まれませんでした。式部先生が才能をひた隠しにするのも無理もありません。用心深く「一という漢字さえ書いてみせたことはない。無学なふりをしている」という体《てい》まで装っていました。それなのに「日本紀の御局」などと無神経なあだ名を付けられて、怒り心頭です。

かつて宮中では、学者が貴族たちに『日本書紀』を講義するという勉強会がありました。一条天皇の時代には、その勉強会も廃れていましたし、講師に女性が選ばれることもありません。ですから、一条天皇の褒め言葉に便乗した「日本紀の御局」というあだ名は、皮肉っぽくて嬉しいものではなかったのでしょう。式部先生は、学才を鼻にかけている、と見なされるのも嫌だったでしょうし、当時は自身をアピールすることは「はしたない」とされていたので、とにかく式部先生の価値基準には合わなかったのです。

しかし、彰子さまは式部先生に学才（＝漢籍の素養）があることをいち早く見抜きました。そして、漢詩文の進講を依頼します。というのも、一条天皇が漢詩に強い関心を寄せていたからです。『本朝麗藻《ほんちょうれいそう》』（高階積善《たかしなのもりよし》撰の漢詩集）には天皇自作の詩文が収録されているほど。彰子さまは、夫が好きな文芸の世界を知るために、密かに勉強を始めたのでした。当然、道長も漢籍の豪華本を贈って応援します。

夫の気持ちに寄り添おうと地道に努力する彰子さま。式部先生は、そんな健気な彰子さまに漢籍を教えていました。式部先生ほど漢学の才を持つ女房は、もちろんほかにいません。他の誰にも出来ないことを式部先生はやっていたのです。

ただし、彰子さまへの御進講はあくまで秘密裡に行っていました。式部先生は終始一貫してその才をひけらかすことをよしとしなかったのです。

学識人であり、理非をわきまえて筋を通す人物として知られていた藤原実資《さねすけ》もまた、そんな式部先生を高く評価していました。

藤原実資さまが女房に近寄り、裾や袖口に見える衣の枚数を数えていらっしゃる様子は、誰よりも格別である。お酒に酔い乱れた席であるし、私のことなど誰であるかもわかるまいと思い、実資さまにちょっと話しかけてみた。実資さまは今風なおしゃれな人よりも、実にたいそう立派な方でいらっしゃるようであった。

（『紫式部日記』寛弘5年11月）

これは、彰子さまの皇子（敦成親王）ご誕生50日目のお祝いの場面です。おめでたい宴席に集まった貴族たちは、それぞれ酔態をさらしていました。

その中で実資は女房たちの衣の数を数えて、異彩を放っていました。女房たちが、贅沢禁止の勅命通りに衣の枚数制限を守っているかを確認していたのです。式部先生は、その様子に好感を持ちました。

実資の日記である『小右記《しょうゆうき》』には、長和2年（1013）5月25日に式部先生が登場します。東宮（敦成親王）の病気について、実資が式部先生に問い合わせたのです。実資によると「越後守為時の娘（＝紫式部）は、以前から雑事を伝えるために対応させている」とのこと。前々から、実資が式部先生を重宝していたことがわかります。式部先生は、一流の識者である実資に信頼される実務能力を兼ね備えた女房だったのです。

4 好意も批判もありったけの言葉で

出産を終えた彰子さまが、いよいよ実家の土御門殿から内裏に戻る日になりました。天皇の第一妃である中宮が、里邸《りてい》から内裏に戻るのは公式行事。一緒に戻るお付きの女房たちが牛車に乗る順番も、きっちりと決まっていました。女房たちがどういう車にどう乗ったか、式部先生は相変わらず緻密に記録しています。

彰子さまの御輿には、中宮付き女房のトップである宮の宣旨《せんじ》が一緒に乗る。その後には色々に染めた糸で飾られた御車が続き、殿の北の方（藤原倫子《りんし》）と少輔《しょう》の乳母《めのと》に抱かれた若宮が乗っている。

続いて金色の金具で装飾した黄金作りの牛車には大納言の君と宰相の君が、その次の牛車に小少将《こしょうしょう》の君と宮の内侍、そのまた次の牛車には私と馬の中将が乗った。馬の中将が私を見て、いかにも嫌いな人と乗り合わせてしまったという雰囲気を出してきたので、私は「車に同乗したぐらいで、まあなんて大袈裟な。ますます宮仕えが嫌になったわ」などと思っていた。殿司《とのもり》の侍従の君、弁《べん》の内侍、左衛門の内侍、大式部のおもとまでは乗車順が決まっていて、それ以下の者たちは思い思いに乗った。

車を降りると、月に明るく照らされていて、なんだかとてもきまりが悪かった。足が地に着かない感じである。馬の中将の君を先に立てて歩いたが、彼女はどこへ行くのかもわからない、おぼつかない足取りだった。私の後ろ姿も、彼女と同じように見られているかと思うと、本当に恥ずかしかった。

（『紫式部日記』寛弘5年11月）

式部先生と同乗した馬の中将が不快感を漂わせていたのには理由がありました。馬の中将は藤原道長の従兄弟の娘（道長の父兼家の異母弟の孫娘）という出自の高さが自慢だったのです。なので、父親が受領階級で家柄が高くなく、身分的に釣り合わない式部先生と同じ車だったのが不愉快だということでしょう。

もう一つ、式部先生はこの時、出仕してからまだ数年しか経っていない〝新参者〟でした。にもかかわらず乗車順や席次はずいぶん高かったのです。彰子さまとは再従姉妹《はとこ》の関係でもある馬の中将にしてみれば、式部先生の特別扱いが気に入らなかったに違いありません。

どちらにしても、むこうが一方的に嫌っているので、式部先生としては受け入れるしかないのです。もともと身分制度や宮中でのキャリアは、この時代の王朝文化に欠かせない価値基準。自分が愛してやまない王朝文化を支える必須事項として、誰よりも納得しているはずだからです。

だからといって、黙って引っ込む式部先生ではありません。馬の中将の歩き方を「どこへ行くのかもわからないおぼつかない足取り」とこき下ろし、自分の後ろ姿が馬の中将と同じだと思うと「恥ずかしい」と嘆いています。

あくまで自分が遵守する王朝文化の価値観から外れない範囲で、客観的に馬の中将を批判しているのはさすがです。

式部先生にとって、やはり宮中の人間関係は窮屈だったことでしょう。しかし、だんだんと自分なりに人付き合いを円滑にする方法を考えつきました。自分と話の合わない人や、言っても通じない人に対して、「すっかりぼけて何にもわからない人」（『紫式部日記』寛弘６年）になりきることにしたのです。

同僚たちは当初、鳴り物入りで出仕してきた式部先生を、「ひどく気取っていて、威圧的で近寄りがたくて、よそよそしげで、物語を好み、風流ぶって、何かと言うと歌を詠み、人を人とも思わず、嫉妬深げに人を見下すような人」（同）と思っていました。

それが、〝何にもわからない（ふりをする）〟式部先生の態度に、意外と「おっとりした人」（同）だったんだ！とばかり、「最初の印象とは違う人なのね！」と同僚たちの好感度は爆上がり。彰子さまにも、「あなたとは、他の人よりもずっと仲良くなりましたね」（同）と言われる始末です。式部先生いわく「自分の心を殺して（自我を抑えて）対応する」と、それなりに人間関係も円滑になることを実地体験したということでしょうか。一方で、「人からこのようにおっとりした者と見下されてしまった」（同）と残念がってもいます。

ところで、式部先生に対する同僚たちの第一印象は、「気取っている」「威圧的」「風流ぶっている」など厳しい言葉が並んでいますが、これらは自らの日記にそのまま記してあります。

他人を厳しく批判する式部先生は自分へも手加減なし。こうした客観性は作家としての式部先生には強みだったことでしょう。

さて、そんな式部先生にも、仲のよい同僚女房はいました。最も親しく交流したのは小少将の君。道長の北の方、倫子の姪で、彰子さまの従姉妹という出自のよさにもかかわらず、不遇な女性でした。長和2年頃に早世してしまう薄幸の美少女で、はかなげな風情があったようです。式部先生は彼女に好意と同情を抱いていました。ほかにも、好意を持っていた女房が何人かいます。

宰相の君は、藤原遠度《とおのり》の娘の方の人です。ふっくらとして整った容姿に、才気ばしった理知的な容貌をした人です。ちょっと見より、何度も対面していくうちに格段と見まさりがし、可愛らしくて、口元に気品があり、艶やかな美しさも備わっている。立ち居の振る舞いなどとても立派に美しい。気立ても穏やかで、可愛らしく素直。こちらが気後れするような気品が備わっている。

小少将の君は、どことなく上品で優美。2月頃のしだれ柳のような風情がある。とても可愛らしく、物腰は奥ゆかしく、気立てもよくて、自分では何も判断できないかのように遠慮がちで、世間を恥じらい、見ていて忍びないくらいに子供っぽく純粋。もしも意地の悪い人が悪し様に扱ったり、事実と違うことを言ったりすれば、すぐに思いつめて命を亡くしてしまいそうな、弱々しいところもある。それだけが、あまりにも頼りなく気掛かりである。

宮の内侍は、とても清楚な人である。背丈はちょうどよく、座る様子や姿格好は、とても堂々として当世風である。とりたてて趣があるわけではないものの、すらりとして鼻筋が通った顔立ち。黒髪に映えた色白の美しさは、誰よりも優れている。頭髪の格好や髪の生え具合、額のあたりなどは「ああ、なんと綺麗」と思うほど。華やかで愛嬌がある。いつも自然に振る舞って、気立てなども穏やか。どの点においても不安なことはなく、すべてにおいて彼女のようにありたいと思えるような、お手本にしたい人柄である。風流ぶったり気取ったりするようなところもない。

式部のおもとは宮の内侍の妹である。ふっくらとした豊かな肉付きの人で、とても色白で艶やか。顔はとても整っていて美しい。髪もたいそう美麗で、長くはないので付け髪して、宮仕えに出ている。出仕の当時は、ふっくらした容姿がとても美しかった。目もとや額付きは本当に清楚で、ちょっと微笑んだところなど愛嬌に富んでいる。

（『紫式部日記』寛弘6年正月）

これは式部先生と仲の良い同僚女房だった宰相の君、小少将の君、宮の内侍、式部のおもとが、いかに優れた容姿と魅力的な気質をしているか、筆を尽くして説明している箇所です。

もともとこの記述の前には、寛弘6年正月に、敦成親王のために戴餅《いただきもちい》（正月に幼児の前途を祝って行う儀式）が催されたことに触れ、その儀式で主要な役割を務めた大納言の君ともう一人の宰相の君（藤原道綱の娘）の装束が詳述されています。式部先生より格上の女房たちを紹介した後、仲の良い4人の話題へと展開しているのです。

なかでも親友だった小少将の「二月ばかりのしだり柳のさましたり（2月頃のしだれ柳のような風情がある）」という比喩は、『源氏物語』「若菜下巻」に登場する女三の宮の容姿について「二月の中の十日ばかりの青柳の、わづかにしだりはじめたらむ心地（2月20日頃の青柳が、ようやく枝垂れ始めたような風情）」と表現するのとそっくりです。女三の宮は『源氏物語』後半の登場人物。光源氏の兄、朱雀帝の第三皇女で、光源氏の2人目の正妻になる女性です。『源氏物語』の表現の萌芽が、式部先生のこんな身近なところにあったことがわかります。

この4人を紹介した後も、「とりわけ容貌が美しいと思われる」と若手女房たちの描写が続きます。いずれもその容姿の美しさについて、さまざまな表現で書かれています。こうした女房たちは、いずれも式部先生と同位か下位の女房です。彼女たちは特に歴史に名を残す偉業を成し遂げたわけではありません。にも関わらず、日本文学を代表する作家から、自分の容姿を褒めたたえる極上の言葉を書き残してもらえました。それこそ1000年に一度の幸運です。

宮中を華やかに彩った無名の女房たち。式部先生は彼女たちの美しさを十分に熟知していました。そして、彼女たちの美しさを表現するのにふさわしい言葉探しをしていたのでしょう。『源氏物語』の絢爛豪華さのヒントは、こんなところにもあったのです。

和泉式部とは興趣深い手紙のやり取りもしたが、感心しない面もある。気を許して走り書きした手紙などには即興の文才が感じられ、ちょっとした言葉遣いに色艶が見える。和歌にもとても趣がある。でも、古歌の知識や和歌の理論などは本格的な歌人とはいえない。口にまかせて詠んだ歌には、必ず趣のある一点が目に留まるように詠み込まれている。とはいえ、彼女が人の詠んだ和歌を批判や批評しても「さあ、そこまではわかってないでしょう。思わず口を突いて自然に詠んでいるのではないの」と思う。こちらが恥じ入るほどの素晴らしい歌人だとは思われない。

赤染衛門は、彰子さまや殿の周辺で匡衡《まさひら》衛門と呼ばれている。和歌の上で格別に優れているというほどではないが、風格がある。歌詠みとしても、ことあるごとに歌を詠み散らすことはしない。彼女の有名な歌はちょっとした折節の歌でも、こちらが恥じ入るほどの詠みぶりである。それにつけても、上の句と下の句とがばらばらに離れてしまう腰折れ歌を詠み出して、何とも言えない趣ありげに見せかけ、1人悦に入っている人がいるのは、憎らしくも気の毒にも思われる。

清少納言は、実に得意顔で偉そうにしていた人である。あれほど利口ぶって、漢字を書き散らしているけれども、その学識の程度はよく見ればとても足りない点が多い。彼女のように人より特別に優れようと意識的に振る舞う人は、必ず後には見劣りがし、先行きは悪くなるはずだ。清少納言のように風流ぶることが身についた人は、ひどく無風流でつまらない時でもしみじみと情趣に浸るし、興趣深いことを見過ごすまいとしているうちに自然とその場にふさわしくない軽薄な振る舞いになる。そのように実意のない態度が身についてしまった人の行く末がいいわけがない。

（『紫式部日記』寛弘６年）

式部先生は日本文学史に名を残す才女たちも批評しています。

国語の教科書に載るような文学史上の有名人、和泉式部と赤染衛門、そして清少納言について。なかでも清少納言はかなり痛烈に非難しています。この厳しい罵倒の言葉のせいで、２人は宮中で火花を散らすような関係だったと思われがちですが、式部先生と清少納言は直接的な面識はなかったと考えられています。清少納言が宮中を辞してから式部先生が彰子さまのもとに上がるまでには、５、６年のタイムラグがあるからです。

清少納言は皇后定子付きの女房でした。定子は彰子さまの政敵です。清少納言に対する厳しい批判は、そういった環境が影響したのかもしれません。それにしても舌鋒鋭い批判です。

特に「あれほど利口ぶって、漢字を書き散らしているけれども、その学識の程度はよく見ればまだとても足りない点が多い」というのは、漢学の才に長けた式部先生らしさ全開です。

和泉式部と赤染衛門は、式部先生と同じ時期に彰子さまに仕えていました。2人とも名だたる歌人です。平安時代、最も格式の高い文芸とされていたのは漢詩と和歌で、特に和歌は勅撰和歌集に何首入集したかで歌詠みのステータスが決まりました。和泉式部は246首、赤染衛門は93首、清少納言はやや少なくて15首。対する式部先生は51首です。和泉式部は平安女流歌人最多の圧倒的な数を誇り、赤染衛門も式部先生の2倍近い数です。

しかし式部先生の評価基準は、和歌だけではなかったのです。

和泉式部について、「感心しない面もある」と評価するのは妥当でしょう。和泉式部は夫

がいる身でありながら為尊親王と恋仲になり、さらにはその弟である敦道親王とも恋愛関係になりました。あまりの恋愛体質に、式部先生は眉をひそめます。しかし、和泉式部の和歌を「古歌の知識や和歌の理論などは、本格的な歌人とはいえない」と評価するのは不当です。和泉式部は『万葉集』などの古歌を相当に研究していたとされています。それがわからなかったのであれば、式部先生はやはり歌人として和泉式部より劣っていたと言わざるを得ません。

赤染衛門については、歌人として一定の評価はしていますが、決して手放しで褒めてはいません。実際、赤染衛門と関係ない方面への批判も多く書かれており、「匡衡衛門」というあだ名を紹介して、赤染衛門が夫の大江匡衡と仲睦まじかったことを当てこすっています。先述したように、夫の匡衡は非常に優秀な漢学者である一方、出世に苦労した人でした。彼は公卿（従三位以上の高官）の地位を切望していたのですが、生涯なれずじまいだったのです。赤染衛門は夫の出世を彰子さまに必死にお願いした可能性もあるでしょう。赤染衛門を「匡衡衛門」と呼ぶのは『紫式部日記』にしか書かれていないので、必死に夫を売り込む赤染衛門の姿を皮肉って、式部先生が付けたあだ名かもしれません。和歌の名手で品行方正な赤染衛門の唯一の弱点が、出世できない夫でした。そういった〝影〟の部分も決して見逃さないのが式部先生なのです。

物語が漢詩や和歌より格下とされていた平安時代。無名の同僚たちの美しさも、著名な女流文学者たちの欠点も、光と影を徹底的に観察し、ありったけの言葉を使って書き尽くす。そうした性格と姿勢が「物語作家」としての式部先生の力量を大きく飛躍させていったといえるでしょう。

おわりに

式部先生の宮仕え生活は比較的自由でした。彰子さまの教養面をサポートするというのが主な仕事だったからです。さらには、長期間の里下りも他の女房たちより許されていました。現代で言えば、裁量労働制で働く専門職のようなイメージです。受領階級という低い出自にもかかわらず、大納言の君、宰相の君、小少将の君といった出自の高い女房たちとも対等に交流しています。道長や正妻の倫子からも特別扱いされていました。

にもかかわらず、式部先生は宮仕えをずっと嫌がっていました。「煩わしい」（『紫式部日記』寛弘5年）、「煩雑で嫌なもの」（『紫式部日記』寛弘6年）と書き続けています。彼女の性格を考えると、宮中での人間関係が窮屈で仕方なかったのでしょう。しかし、夫と死別して幼い娘（後の大弐三位《だいにのさんみ》）を抱えている自身の境遇や、父や弟の行く末を考え、仕方なく出仕していたと思われます。

苦手な人間関係の苦痛を我慢し、『源氏物語』を世に出した式部先生は、1000年先まで残る結果を出しました。

ただもし、式部先生がもう少し社交的な性格をしていたら、どうなっていたでしょうか。54帖もある長大な物語を、執拗に書き続けることが出来たでしょうか。それともさらにエネルギッシュに、100帖くらいまで書き続けたかもしれません。

いいえ、やはり『源氏物語』は、現存する54帖の形だから1000年後の今まで残ったのでしょう。式部先生は式部先生らしく王朝文化を愛していました。嫌な思いにひたすら耐えることを原動力に、光と影を徹底的に観察して表現し尽くしたからこそ、『源氏物語』は傑作になったのだと思います。

第五条
好きなものを見つける

～『更級日記』菅原孝標女《すがわらのたかすえのむすめ》～

菅原孝標女系図

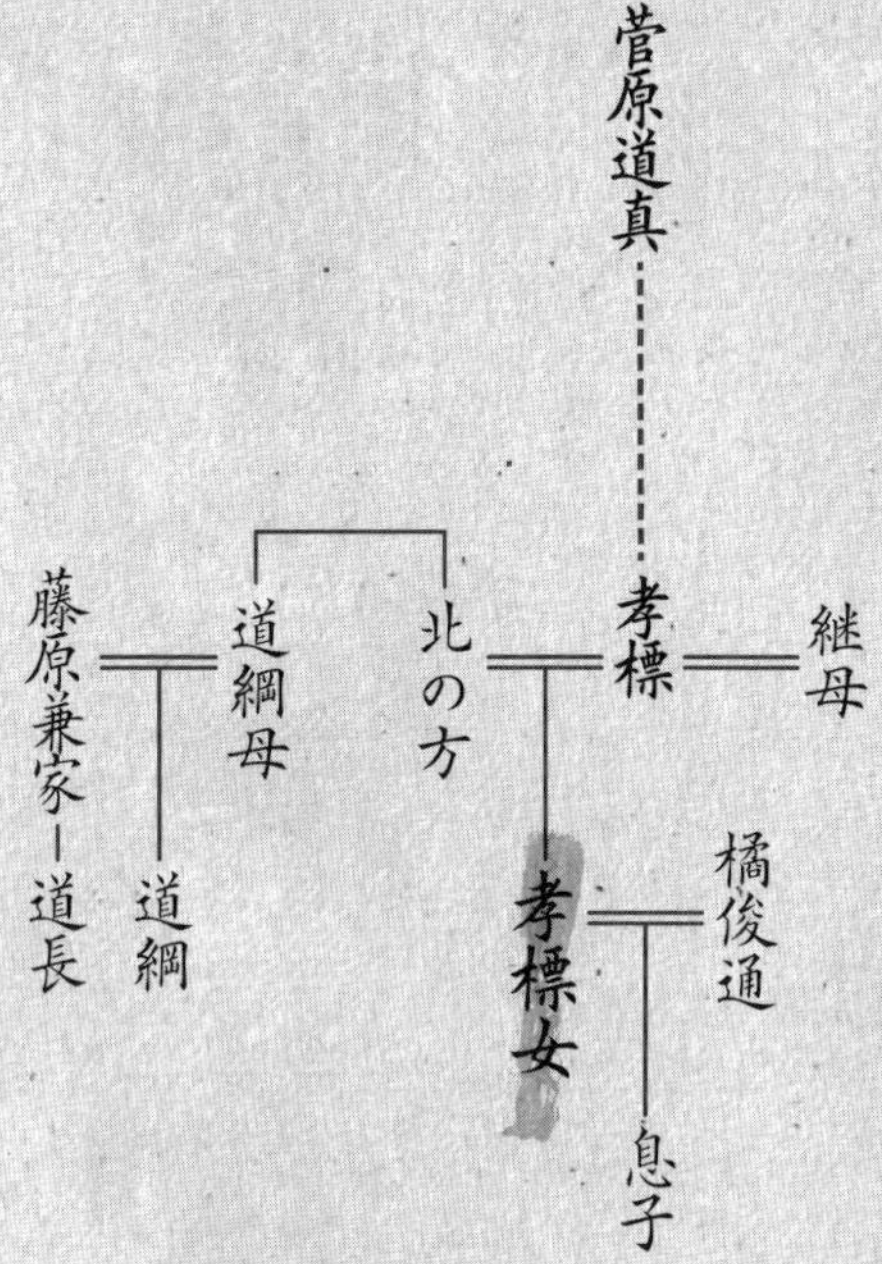

更級日記《さらしなにっき》

菅原道真の5世孫にあたる菅原孝標の次女が書いた回想日記。数えで13歳の寛仁4年（1020）から52歳頃の康平2年（1059）までの約40年間を綴る。全1巻。父の赴任先より帰京するところから『源氏物語』に夢中になった少女時代、下級貴族の厳しい現実、出仕、結婚と出産を経て、高齢期の孤独までを、分かりやすい文体で描く。題名は「姨捨山」を詠んだ和歌に由来し、作中に「更級」の文言はない。

はじめに

『更級日記』は、菅原孝標女《すがわらたかすえのむすめ》という女性が、13歳から52歳までの約40年間（寛仁4年（1020）～康平2年（1059））を回想して綴ったものです。作者の父である孝標は、菅原道真《みちざね》の五代末裔《まつえい》に当たる受領《ずりょう》官人。母方の伯母には、あの『蜻蛉《かげろう》日記』の作者・藤原道綱母《ふじわらのみちつなのはは》がいます。血筋的にも、学芸や文学の素養が十分備わっていた女性でした。

彼女が生きたのは、藤原道長の長男・頼通《よりみち》が摂政・関白を務め、朝廷の権力を握っていた時代です。頼通の養女である藤原嫄子《げんし》は、道長の孫に当たる後朱雀天皇の中宮となり、祐子《ゆうし》内親王を出産。中年になった孝標女がこの内親王に仕えたこともありました。

月も出でで闇にくれたる姨捨になにとて今宵たづね来つらむ

月も出ないで暗闇になっている姨捨山。こんな姨捨山に捨てられそうなお婆さんの私のところにどうして今夜あなたは訪ねてくださったのだろうか

（『更級日記』康平2年）

この和歌は、晩年の孝標女を訪れた甥に対して詠みかけた和歌です。『古今和歌集』の「わが心慰めかねつ更級や姨捨山に照る月を見て（私の心はどうにも慰めようがありません。この更級の姨捨山にかかる月を見ていると）」（雑歌上、よみ人しらず）を本歌取りしたもの。姨捨山は、口減らしのために役に立たなくなった老人を捨てるという「棄老伝説」で有名な山です。なので、作者は自身を姨捨山に例えることで、老いた自分が置かれている孤独な境遇を嘆いたのでしょう。

この山は、長野県千曲市と筑北村とにまたがる冠着山《かむりきやま》の俗称ともされていて、かつてはこの山の周辺地域を「更級」と呼びました。『更級日記』というタイトルは、姨捨山を詠み込んだこの和歌に由来するものです。

確かに、彼女はそれなりに不幸な経験もしていますが、平安時代の中流貴族の女性としては想定できる範囲内の出来事です。むしろ、彼女の人生は総じて無難なものだったと言えます。いわゆる平均的な、良くも悪くも平凡な生涯です。

しかし、彼女は好きなものを見つける能力が抜きんでていました。自分の〝好きなもの〟が何なのかを、いつも的確に見抜いているのです。平安女子にしては珍しく自身の欲望に忠実だったと言えるでしょう。『更級日記』には、人生の成長段階を経るごとに好きなものを見つけ、それに没頭する彼女の様子がたびたび描かれます。

〝好きなもの〟は、どんな人生においても彩りを添え、豊かな気持ちにしてくれます。孝標女は人生を豊かにする達人でした。第五条は『更級日記』を読み解いて、好きなものを見つける達人の技に迫ります。彼女のことは「更級さん」と呼ぶことにしましょう。

1 なにはともあれ物語、物語、物語

「東路の道の果て（＝常陸《ひたち》国）」よりも、さらに奥の方（上総《かずさ》国）で育った私。当時はまだ子供だったし、野暮ったくて見苦しかったと思います。それなのにどうしてか、「世の中には物語というものがあるそうだけれど、どうにかしてそれを読んでみたいわ」と思い続けるようになりました。

手持ち無沙汰な昼間や、宵の団欒の時などに、姉や継母といった大人たちが、あの物語、この物語、果ては光源氏の様子について、ところどころ話すのを聞いていると、ますます読みたいという思いが募りました。

けれど大人たちは、私が望むように物語の一部始終を諳《そら》んじて語ってくれることなどできません。あまりのもどかしさに、自分と等身大の薬師仏様を作り、手を洗い清めて人が見てない隙に、ひそかにその仏様を置いた部屋に入っては、「私を早く京に上らせてください。都にたくさんあるという物語を、この世にある限り、すべて

私にお見せください」と身を投げ出し、床に額をこすりつけながらお祈りしていました。

13歳になった年、とうとう上洛することになり、9月3日に門出（旅の前に縁起を担いで他所に移ること）をして「いまたち」というところに移動しました。

（『更級日記』寛仁4年）

これは『更級日記』の冒頭部分です。父の任国について、都から遠く離れた上総国（現在の千葉県中央部）で育った更級さん。物心付いた時から〝物語〟に興味を持ち、ぜひそれを読んでみたいと思っていました。姉や継母が物語についいて話しているのを聞き、ますますその思いを募らせていたのです。

残念ながら、都から遠く離れた場所では思うように物語を読むことは叶いません。思い余った更級さんは、等身大の薬師如来像を造ってもらって願掛けをします。額を床にこすりつけては、都にあふれているという物語を「この世にある限り、すべて私にお見せください」とお願いするのです。その姿はさすがに人に知られたくなかったようで、誰もいない隙を狙ってやりました。

とにかく、この世のすべての物語を読みたい。好きなものに一途なその姿勢は、周りが見えないほど何かに夢中になったり、没頭したりしたことのある人なら共感の一択です。好きになったら一直線。更級さんは幼い頃から筋金入りでした。

あらゆる物語を読んでみたいと渇望した中で、更級さんが最も心惹かれていたのは『源氏物語』でした。『源氏物語』の主人公といえば、言わずと知れた光源氏。お姉さんと継母は「光源氏の様子」も教えてくれました。

更級さんが特に憧れていたのは『源氏物語』宇治十帖のヒロインである浮舟です。浮舟は継父の任地である常陸国（現在の茨城県西南部）で幼少期を過ごしたとされています。『更級日記』の冒頭が「東路の道の果て（常陸国）よりも、さらに奥の方（上総国）で育った私」というフレーズから始まっているのは、浮舟のキャラ設定を真似したともいわれているのです。

上総国が常陸国より「奥」にあるというのは地理的に間違っています。しかし、更級さんはそんな細かいことは気にしません。実際の地理なんてお構いなしに、大好きな『源氏物語』のヒロインをオマージュしたのでした。更級さんならではの二次創作的な発想といってもいいでしょう。

更級さん一家は上総国を出立して約3カ月後、やっと都の自宅に到着しました。都で自宅を守っていた実母と一緒に暮らし始めます。

わが家に住み始めてからまだ落ち着かず、非常に取り込んでいる中でしたが、私は一刻も早く物語を読みたいと思い続けてきたので、「物語を探して見せて、物語を探して見せて」と母にせがみました。すると母は、三条の宮さま（一条天皇と中宮定子の娘の脩子《しゅうし》内親王）に出仕している親族の衛門《えもん》の命婦《みょうぶ》に手紙を送ってくれました。

その人は私たちが都に帰ってきたのを喜んでくれて、三条の宮さまからいただいたという立派な冊子類を、硯の箱の蓋に入れてプレゼントしてくれたのです。私は嬉しくて大感激。夜も昼もこれを読みふけり、もっともっと他の物語も読みたいと思うようになりました。とはいえ、上京早々で落ち着かない都の片隅で、誰が私のような子供相手に物語を探して見せてくれる人がいるでしょうか。

（『更級日記』寛仁4年）

長旅の疲れもどこへやら、更級さんは早速、実の母親に物語を読ませてくれとねだりました。あまりのしつこさに根負けした母親は、親戚の伝手《つて》を頼り、三条の宮さまから下賜された立派な物語を手に入れてくれました。更級さんは大喜び。夜も昼もこれを読みふけり、念願かなって一件落着――と思いきや、その程度で終わる更級さんではありません。もっと他の物語も読みたい、と一層貪欲に望むようになりました。ただ、なかなか物語を入手できず、思うようにはいきません。

そのうち、更級さんに物語の魅力を教えてくれた継母が父親と不仲になり、離別してよそに行ってしまいます。継母は以前に宮仕えの経験があり、「あの物語、この物語、果ては光源氏の様子」を詳しく知っている、知的で洗練された女性だっただけに、更級さんは彼女と別れを非常に悲しみます。

その頃、更級さんにはつらい別れが続きました。継母が去った翌治安元年（1021）は疫病が大流行し、更級さんの乳母が亡くなります。幼い頃から更級さんを可愛がって育ててくれた乳母の死は、更級さんがあんなに焦がれていた物語を読む気が失せるくらいの打撃でした。続いて、更級さんが習字のお手本にしていた藤原行成《ゆきなり》の娘も疫病で亡くなりました。行成は名筆家で知られた人なので、その娘の文字に憧れ、真似をしていた更級さんはまた嘆き悲しみます。昨今、猛威を振るった新型コロナウィルスの感染拡大で、大事な家族や憧れの芸能人が亡くなったとしたら……。当時の更級さんの住む都を取り巻く状況は、まさにそうした大変な状況だったのです。

悲しいことが続いたために、私は1日中思い悩んでふさぎこんでしまいました。そんな私を心配し、慰めようとした母が物語を探しては見せてくれました。

『源氏物語』の紫の上に関係した巻を詠み、続きを見たかった私ですが、誰にも相談もできません。まだ家人の誰もが都に慣れていない頃なので、物語など見つけてくれようもなかったのです。もうもどかしくて、ただ読みたくてたまらず、「『源氏物語』を最初の巻から最後まで、全部見せてください」と心の中で祈っていました。親が太秦《うずまさ》の広隆寺に参籠した時も一緒に行って、ただこのことだけをお祈りしました。それでもなかなか見ることはできません。

残念に思って嘆いていたところ、おばが地方から上京したので、親に言われて訪ねました。おばは「本当に可愛らしく、大きくなったこと」と懐かしがってくれて、「何をさしあげましょうか。実用向きのものはつまらないので、あなたがしきりに見たがっているものはどうかしら」と、『源氏物語』の五十余巻を櫃《ひつ》（蓋のある木箱）に入れたままそっくり全部くれたのです。帰る時の嬉しさといったら、天にも昇る心地でした。

これまで飛び飛びでしか読めなかったために筋がつかめずにいた『源氏物語』を全部、わくわくしながら誰に邪魔もされず、几帳《きちょう》の中に臥せって、一冊一冊櫃から取り出して読む幸福感は、后の位になることなんか問題ではありません。

（『更級日記』治安元年）

悲しみに暮れていた更級さんに夢のような幸運が訪れます。何と『源氏物語』全巻を一気に手に入れることができたのです。何というラッキー！

たとえば、趣味で集めているグッズのシリーズを全種類そろえただけでも心躍りますね。ましてや憧れの『源氏物語』、全巻が目の前にそろうなんて夢のようです。几帳の中で臥せって読む、というのは、ベッドかソファーに寝転がってゴロゴロしながら読む、という感じでしょう。しかも誰にも邪魔されず。

『源氏物語』全巻を一気に読破できる。そんな天国のような幸せな状況は、当時の女性にとっては雲の上の存在であり、最高栄誉であった皇后の位なんか目じゃないのです。思いが強ければ、夢は叶う。まさに「后の位も何にかはせむ（后の位なんか問題ではない）」と断言するほど夢が叶った更級さんは、全編諳んじてしまうほど『源氏物語』を読み込むのでした。

2 現実世界って意外と楽しい

昼は昼とて一日中、夜は目が覚めている限り、灯を近くにともして『源氏物語』を読むよりほかのことをしないでいると、自然と暗誦した文章が浮かんでくるなんて、われながらなんて素敵！と悦に入っていました。

ある夜、大変清らかな、黄色地の袈裟《けさ》を着た僧が現れて、「『法華経』の五の巻をすぐに習いなさい」という夢を見ました。夢のことは誰にも話さず、そんなものを習おうなんて思いもしませんでした。

ただ物語のことだけで心はいっぱい。（私は今、器量は良くないけれど、年ごろになったら顔立ちは麗しく、髪も美しく長くなるでしょう。きっと光源氏の恋人の夕顔や、薫の大将の恋人の浮舟の女君みたいになるはずよ）と本気で思っていました。

今思うと、あの頃の私の心はなんと他愛もない、呆れ果てたものだったことでしょう。

（『更級日記』治安元年）

少女時代の更級さんは、暗記するほど『源氏物語』を読み込み、そのうち物語と現実の見境がなくなります。自分はいずれ夕顔や浮舟のような美女に成長すると根拠なく思い込みました。物語の世界にのめり込むあまり、夢や幻と現《うつつ》の区別が付かなくなったのでした。

この当時の心境について、中年になった更級さんは「なんと他愛もない、呆れ果てたものだ」と振り返りました。そう、『更級日記』は入れ替わり立ち代わりいろいろなものに夢中になった時期を経て、ある程度年を取ってから書かれた回想録なのです。ですので、『法華経』を勧める夢のお告げを気にも留めず、物語にうつつを抜かしていたかつての自分を自虐するような余裕もあるのでしょう。

実際、25歳になる頃から、更級さんにもだんだんとシビアな現実が押し寄せてきました。まず長元5年（1032）7月、父が常陸介《すけ》として任地の常陸国に赴くことになりました。上総国から帰京後、10年以上の無職期間を経てやっと得た官職です。その時、父親はすでに60歳。老体に鞭打って遠く離れた東国に単身赴任しました。更級さんの家族は、生活の縁《よすが》を父に頼るしかないので、老齢であることを案じながらも泣く泣くお別れします。

そして4年後。任期を終えて無事に帰京した父との再会の喜びもつかの間、年老いた父は引退を決意。父の隠居と時を同じくして母も出家してしまいました。年を取ってすっかり弱々しくなった両親を見て心細くなる更級さんですが、そんな両親に代わって、これからは更級さんが主婦として実家を切り盛りしなければなりません。彼女自身もすでにアラサー世代。当時で言えば、すでに中年真っ盛りの年齢です。

ところがそのタイミングで、時の後朱雀天皇の第三皇女、祐子内親王のもとに出仕するお誘いがあったのです。32歳になっていた更級さんはここぞとばかり、宮仕えに勤しみました。

しかし、実家暮らしが長く、世間知らずだった更級さんは、女房として働く生活に馴染むのに苦労しました。それでも、彼女なりに頑張ろうとしたのですが、出仕した翌年、親の意向で宮仕えをやめさせられ、結婚させられてしまいました。夫になったのは、更級さんより6歳年上の橘俊通《たちばなのとしみち》です。

頑張っていた出仕をやめさせられた更級さんは、親に対して「何を考えているのか」（『更級日記』長久元年（1040））と憤懣やるかたなく、結婚生活についても「あまりにも期待外れ」

(『更級日記』長久元年)と、不平を書き散らかしています。

結婚の翌年、下野国《しもつけ》(現在の栃木県)に国司として赴任が決まった夫には随行せず、更級さんは都に残って長男・仲俊を出産しました。

その後は、何となく家事などで気を紛らわせることが多くなり、物語のこともすっかり忘れ、真面目な生活に心も落ち着きました。「どうして長い年月を無駄に過ごし、仏様の道に励むとか物詣でなどをしなかったのでしょう。だいたい、私が結婚について思い描いてきた期待も、現実に起こり得るわけないでしょうに。光源氏ほどの素晴らしい方が、果たしてこの世にいるわけでもなし。薫の大将が人知れず宇治に隠れて住まわせた浮舟のような人も実際にはいないのが現実の世の中。ああ、なんて馬鹿馬鹿しい、浮ついた気持ちでいたのかしら」と心の底から思いました。

(『更級日記』長久2年(1041))

出仕と結婚を経た更級さんは、あんなに夢中だった『源氏物語』の世界を全否定するようになっていました。光源氏も浮舟も現実にはありえない、そんなものに入れ込んだかつての自分を厳しい言葉で責め、猛省するのでした。

しかし、夢から覚めて味気ない現実を強く生きたのか、というと、まったくそうではありません。次の段階で、ちゃっかり新しい楽しみを見つけました。それは殿上人《てんじょうびと》との夢のような出会いです。

夫が単身赴任した翌年、更級さんに元の職場から復帰の声がかかりました。ちょうど姪が出仕することになったので、それに合わせて時々職場に顔を出すようになります。パートタイマーのような宮仕えを再開したのです。

ただ、以前のような無駄な期待や自惚れもなく、若い人（姪）に引かれて時々参上しています。（中略）今の私は宮仕えだけを頼りにしがみつく必要もないので、自分より優れた人がいても別に羨ましくありません。却って気楽です。

（『更級日記』長久2年）

2回目の出仕は、初めての時に比べて肩の力が抜け、余計な気負いがありません。そんな気楽な再出仕を始めて1年後。10月初めのある夜に、更級さんが友達と「不断経（お経を絶え間なく読む仏事）」の催しに参加した時のことです。
「不断経」の会には上達部《かんだちめ》（高級貴族）や殿上人（昇殿を許された人）といった高貴な男性たちも集まってきます。更級さんは、そんな身分の高い人たちにとって自分は物の数ではないと自覚していたので、友達と戸口近くに控えていました。すると、1人の殿上人がこちらにやってきます。

その殿上人は、落ち着いて静かな様子で話しているのが、好ましい感じでした。お友達に「もう1人のお方は？」と私のことも尋ね、その辺の男性のように軽薄な恋愛話などはせず、世の中のしみじみとした話などを細やかに丁寧に語りかけてくれました。

（『更級日記』長久3年（1042））

この殿上人ダンディは、源資通《すけみち》38歳。更級さんより3歳年上です。代々音楽で著名な家柄の生まれで、彼自身も琵琶・和琴・笛の名手。勅撰和歌集に4首入集している歌人でもあります。要するに、身分が高く芸能に秀でた風雅な男性ということです。

さらにその殿上人は、春や秋のことを語って、「季節に応じて見ることには、春の霞は趣深く、空も穏やかに霞んで、月の面もはっきりとは輝かず、その光が遠くに流れているように見えます。その中で、琵琶で風香調《ふこうぢょう》をゆったりと弾いているのはとても素晴らしく聞こえます。

しかし、秋になると、月が非常に明るい夜、空には一面に霧がかかっているけれども、月がまるで手に取ることができるように澄み渡っている中で、風の音や虫の声が集まって聞こえてくると、秋の素晴らしさを取り集めたような状況になります。そんな中で、箏の琴がかき鳴らされ、横笛が澄んだ音色で響いたりすると、春なんか大したことはない、と思われますよ。（中略）あなた方はどの季節にお心が惹かれますか」と尋ねてきます。

（『更級日記』長久3年）

資通は情緒豊かな言葉を操って季節の風情を語り、更級さんたちに春と秋のどちらが好きかをきいてきました。春と秋を対比させる話題は「春秋優劣論」といって、『万葉集』の時代から洒落た会話の定番ともいえる重要なテーマでした。

更級さんとお友達はそれぞれ異なる意見を述べます。資通は双方に配慮した総括を述べ、さらには伊勢神宮で自身が経験した冬の夜の思い出を趣深く語るではありませんか。最後に、更級さんたちと出会えた今夜も、伊勢神宮の思い出に負けないくらいの感動的な冬の思い出となった、と告げて去っていきました。更級さんの心には、資通の〝絵に描いたようなカッコよさ〟が深く刻み込まれたことでしょう。

翌年8月、更級さんは偶然、資通と再会します。何と資通は「更級さんと出会った夜が忘れられない」と話し掛けてきました。まるで『源氏物語』の一場面のようなシチュエーションです。

ところが、更級さんがうっとり返事をしている途中に、大勢の人がどんどん入って来てくるものですから、2人はゆっくり〝運命（だったかもしれない）再会〟を楽しみ、心ゆくまで会話することは叶いませんでした。後に更級さんは、人づてに「自分が弾く琵琶の曲をお聞かせしたい」と資通が言っていたことを知ります。もちろん「ぜひ聞きたい！」と機会を待っていましたが、なかなかチャンスはめぐってきませんでした。

翌年の春、いよいよ資通が更級さんの勤め先を訪ねてきます。しかし、人目が多くて2人きりで会うことはできません。これにて「夢のような出会い」は終了。あっけない結末でした。

出会ってから2年、これといった進展もなく終わってしまった更級さんと資通。かつて『源氏物語』に夢中だった頃の更級さんは、将来、浮舟みたいになりたいと熱望していました。山里に隠れ住んで「光源氏のような方を、年に一度でもお通わせしたい」（『更級日記』万寿3年（1026）頃）と望んでいたのです。

図らずもその願望は、資通との出会いで実現したと言えなくもありません。『更級日記』には、2年で3回しか交流しなかったにもかかわらず、資通の発した一言一句が丁寧に記されています。繊細で風情のある会話の端々から、更級さんにとって、彼がいかに魅力的な男性であったかが伝わってきます。別の言い方をすれば、頭の中で夢の王子様として構築するだけの時間が十分にあった、と言えるかもしれませんが……。

ただ、資通は琵琶の音の風情を語りつつ、かつて伊勢神宮で斎宮付きの女房に琵琶を弾いて聞かせた話をし、更級さんに「自分が弾く琵琶を聞かせたい」と甘く誘い掛ける……と、攻め方が琵琶・琵琶・琵琶の一点張り。どうやら彼は琵琶の演奏が最も得意だったようです。そんな資通ともっと何度も会っていたり、関係が進んだりしていれば、さすがの更級さんも幻滅したかもしれません。気楽な宮仕えとわずか3回の資通との交流は、更級さんにはまるで『源氏物語』のエピソードのようなロマンチックな楽しい思い出になったことでしょう。

ちなみに、更級さんと20年近く連れ添った夫・橘俊通は『更級日記』に5カ所登場します。それらは、たとえば「児どもの親なる人（幼子の親である夫）」（『更級日記』永承元年（1046））と表現されているように、いずれも子供と関わる人物として描かれています。こちらはあくまで現実の男性です。更級さんは「亭主元気で留守がいい」というタイプの主婦だったのかもしれませんね。

3　いくつになっても夢中になれる

今になって、「昔のような浮ついた心で過ごしてきたのは後悔すべきだった」と思い知りました。また、親が物詣でなどに連れて行ってくれなかったのも、非難に値することとして思い出されます。そこで、「今はもう、ひたすら裕福な勢いある身となって、幼いわが子を思う存分立派に育て上げたい。さらには、自分も倉に積みきれないほどのたくさんの財産を蓄え、後世のことまでちゃんと考えよう」と自分の心を励まして、11月の20日過ぎに、石山寺に参詣しました。

（『更級日記』寛徳2年（1045））

資通との関係が終わった翌年、夫が赴任先から帰京しました。更級さんは38歳。そのタイミングでまた、新たな局面に突入します。

次に入れ込んだのは「物詣で」（寺社などへの参詣）です。ただし、真摯に勤行に向き合い、信仰に一途になるというストイックなイメージではありません。「ひたすら裕福な勢いある身となって」とか「自分も倉に積みきれないほどのたくさんの財産を蓄え」とか、相変わらず欲望に忠実。「神仏に頼んでお金持ちになりたい」という夢に驀進《ばくしん》し始めます。

まず、更級さんは「石山詣で」をクリア。同寺で勤行している最中に麝香《じゃこう》（香料）をもらう夢を見て吉夢と判断し、ご満悦で修行に励みました。次に「初瀬（長谷寺）詣で」にチャレンジしようとします。

その翌年の10月25日、大嘗会《だいじょうえ》の御禊《ごけい》があると世間が騒いでいるところ、私は初瀬詣でのための精進などを始めて、その御禊の当日に京から旅立つことにしました。するると、私の周りの人たちは、「大嘗会は天皇一代につき一度しかない貴重な見ものだから、遠く地方の人たちでさえも上京して見に来るのに、よりによってそんな日に京を振り捨てて出て行くなんて、まるで狂った人のようで、後々まで人々の語り草になって噂されますよ」などと言います。特に弟などは怒ってくるほどなのだけれど、幼い子供たちの親である私の夫は「いかようにも、いかようにも。あなたの好きになさい」と、私の言う通りに送り出してくれました。その心遣いがしみじみとありがたく感じました。

（『更級日記』永承元年）

この年は、後冷泉天皇が即位した翌年で、11月に大嘗会が行われる予定でした。大嘗会とは天皇が即位して初めて行う新嘗祭《にいなめさい》（その年の新穀を神々に備える祭祀）のことです。それに先立ち天皇が賀茂川で行うのが御禊です。これらの一連の行事は、天皇一代につき1回しか行われない希少な儀式で、見物人が大勢集まる国家レベルの一大イベント。世間では大賑わいなのにも関わらず、更級さんはわざわざ御禊の日を初瀬詣での出発日と決めました。弟をはじめとする周囲の皆が反対するのも当然です。

そんな中、更級さんの味方をしてくれたのは夫の俊通でした。「いかようにも、いかようにも。あなたの好きになさい」と寛容に送り出してくれました。俊通は、自分の妻は好きなことを貫くために驚くほど強い意志を持っていると分かっていたのでしょう。彼女は、好きなものに対しては自分を曲げません。

更級さんに同行する人たちは案の定、大嘗会の御禊の方を非常に見たがっていました。更級さんは、彼らを気の毒に思いつつも「見物などして何になろう。このようなお祭りの時に参詣しようという志を、仏様は殊勝に思ってくださるだろうから、きっと御利益があるだろう」（『更級日記』永承元年）と書いています。自分の御利益のことしか考えていません。もちろん、御禊の早朝に都を出立しました。

その日の都は、大嘗会の御禊を見るために、たくさんの人たちが「水の流れるように」（同）ひっきりなしにやってきました。その流れに逆らって移動する更級さんたち一行を見た人々は、ただただ驚き呆れています。多くの人たちに呆れ笑われ、嘲られ、「あれは物詣でに出かける人らしい。別に今日でなくても、出発の日はいつでもよいだろうに」と後ろ指をさされていることを知っていても、意志を曲げないその強さ。中には「殊勝な発心である」と褒めてくれた人もいるにはいたそうです。たった1人だけでしたが。

さすがの更級さんも「なんでこんな日に出掛けたのかと思えた」（同）と心が折れかかりますが、ひたすら仏様をお祈りして自身を奮い立たせました。

やっとの思いで宇治渡《うじのわたり》に到着。更級さんは、ここが『源氏物語』で浮舟が登場する舞台

であることに思いを馳せます。「浮舟の女君はこういうところに住んでいたのかなあ」(同)としみじみ感じ入りました。
その後、東大寺、石上神宮《いそのかみ》を参拝し、山辺(現在の奈良県天理市)の寺で宿泊したその夜、夢を見ます。高貴で美しい女性から宮中に出仕することを告げられたので、これは吉夢と更級さんは大喜び。彼女にとって、宮中出仕は相変わらず憧れの対象だったのでしょう。
翌日、長谷寺に到着し、3日ほど参籠します。最終日の夜には、伏見稲荷から杉を投げられるという夢を見ました。杉は伏見稲荷大社の御神木で、参拝の証として稲荷山の杉の枝を身に付ける習慣がありました。いわゆる「しるしの杉」

です。こうやって参拝・参籠から夢のお告げをいただく——というフルセットをこなし、無事に初瀬詣でを終了しました。

この初瀬詣での後も、更級さんは数年かけて、あちこちに物詣でに行きました。鞍馬詣でを1年に2回した後、再び石山詣でや初瀬詣でを決行しました。太秦詣でにも行っています。ちなみに二度目の初瀬詣では、周りから白い目で見られた初回とは違って快適な旅でした。在地の官人に行く先々でもてなされ、さながら接待旅行のようだったからです。彼女がそういった厚遇を受けられたのは、夫・俊通の後ろ盾があったためと言われています。

何事も、これといって不満に思うこともないまま、このように遠くへ物詣でに出かけても、道中の様子をおもしろいとか苦しいとか感じることで、自然と心も慰められます。こんな物見遊山の気分の旅でも、やはり仏様の御利益は頼もしく思われます。私は、さしあたってつらく嘆くような出来事もないまま、「ただ、幼い子供たちを、一刻も早く思い通りに育てたいわ」と思っています。それにつけても、年月の経つのがもどかしく、「せめて頼みに思う夫が、人並みに任官して出世の喜びを味わってくれたら」と、それればかりを望み続けている私の気持ちは張り合いのあるものでした。

（『更級日記』永承2年（1047））

観光気分で物詣でに出かけ、信心の御利益を得る――。更級さんは「何事も、これといって不満に思うこともない」「つらく嘆くような出来事もない」と断言できるほどに充足した毎日を送ります。好きなもの・好きなことに没頭すると、こんなに心豊かになれるのです。

このような物心ともに満ち足りた生活はすべて、夫・俊通のおかげでした。更級さんは良妻賢母よろしく子育てに意欲を見せ、夫の出世を願うのでした。

おわりに

初回の初瀬詣でから約10年後。50歳になった更級さんは重い病気を患います。そのため、気ままな物詣でも、時々の宮仕えもできなくなりました。そして、51歳の時に夫が急逝。『更級日記』には夫の死後、悲嘆に暮れながら後悔の念に駆られている様子が切々と綴られています。冒頭に挙げた姨捨の和歌もその一部です。

『更級日記』は、更級さんが53歳以降に書き始めたとされています。いわば人生最後の集大成的な大仕事です。その時、彼女は宮仕えと物詣でという好きなことの2つを封じられていました。しかし、人生で最初に好きになった物語は最後まで彼女に寄り添ってくれたのではないでしょうか。

『更級日記』は、優れた日記文学として文学史上高く評価されてきました。作者の文学的素養は、少女時代に大好きな『源氏物語』を読み込んだ経験と無関係ではないはずです。物語を愛読した経験値は、晩年の『更級日記』の執筆に大いに活かされたに違いありません。

第六条　周りに振り回されない

～『十六夜日記』『うたたね』阿仏尼《あぶつに》～

阿仏尼系図

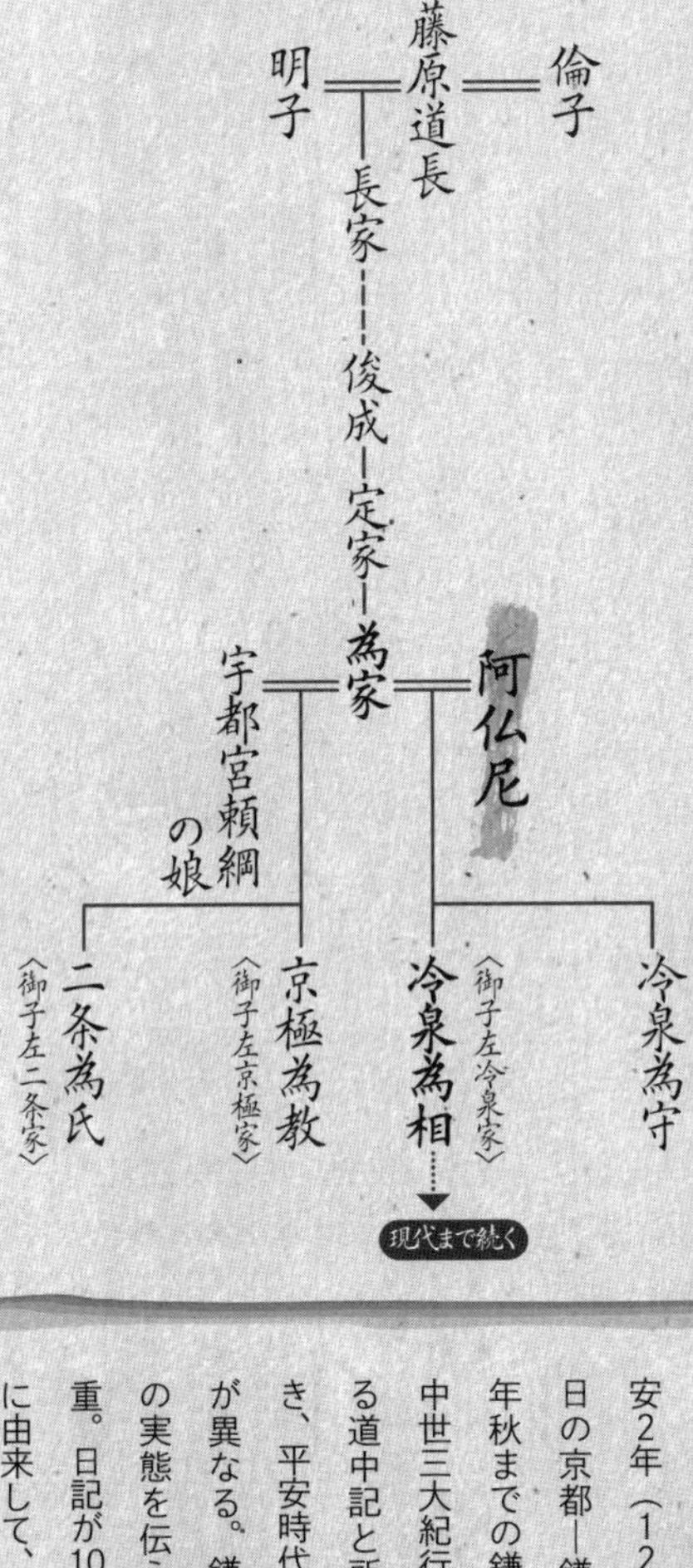

十六夜《いざよい》日記《にっき》

藤原為家の側室・阿仏尼による弘安2年（1279）10月16日〜29日の京都―鎌倉間の紀行文と翌年秋までの鎌倉滞在記。全1巻。中世三大紀行文の一つ。女性による道中記と所領紛争の訴訟を書き、平安時代の女流日記とは趣きが異なる。鎌倉時代の所領紛争の実態を伝える史料としても貴重。日記が10月16日に始まることに由来して、後世にこの題名が付いた。『うたたね』は、著者が若い頃に書いた失恋の顛末日記。

はじめに

和歌は、たった31文字で自然の美しさや季節の移ろい、人の心の機微などを表す日本独自の文芸です。大和歌《やまとうた》の文字通り、日本人の情緒を表すのにふさわしい韻文と言えます。平安時代後期になると、そのような和歌を学問の対象と見なし、技法・詠作方法などを論じた歌論書が盛んに執筆されるようになりました。

当時の〝和歌学〟の中枢を担ったのは、藤原俊成《ふじわらのしゅんぜい》と藤原定家《ていか》父子を輩出した御子左家《みこひだりけ》という公家の一族でした。御子左家は、藤原道長の六男・長家《ながいえ》を祖とする歌の家系です。俊成は『千載《せんざい》和歌集』、定家は『新古今和歌集』『新勅撰和歌集』を選集。さらに俊成が『古《こ》来風体抄《らいふうていしょう》』、定家が『近代秀歌《きんだいしゅうか》』を書いて、御子左家の歌道を発展させました。定家の嫡男である為家《ためいえ》も『続後撰《しょくごせん》和歌集』などを選集し、三代にわたって権威のある勅撰和歌集に携わっています。

京都御所の隣、時雨亭《しぐれてい》文庫を所有する「冷泉家《れいぜい》」は現代まで続く藤原氏であり、この御子左家の末裔でもあります。冷泉家は為家の息子、藤原為相《ためすけ》から始まりますが、実際に冷泉家の礎を築いたのは彼の母の阿仏尼《あぶつに》でした。彼女は名前からわかるように出家した女性です。

鎌倉時代の初めに和歌の家を支え、文学史に名前を残した阿仏尼。10代の時、失恋のショックから出家した後、現世への未練からおそらく還俗《げんぞく》したとされ、30歳頃に25歳以上年上の藤原為家と出会って結ばれます。当時、歌壇の重鎮であった為家は、阿仏尼にとっては理想の男性でした。

そんな阿仏尼ですが、穏やかなハッピーエンドを迎えたわけではありません。息子の経済基盤を安定させ、後の冷泉家を確立させるため、死ぬ間際まで獅子奮迅の働きをします。

今回は、阿仏尼の『うたたね』『十六夜日記』を紹介しながら、彼女のバイタリティーに迫ります。為家の夫人として輝いていた彼女を「マダム阿仏尼」、文芸サロンを主宰した彼女の夫を「ムッシュー」と呼ぶことにします。

1 青春の苦い思い出は経験のうち

歌の家の当主の妻という「誇り」と、歌道を盛り立てるという亡夫の「志」を胸に生きたマダム阿仏尼。確固たる意志を持った力強い女性像がイメージされますが、それはムッシューと結婚し、息子を産んでからの姿。まずは、若かりし頃の痛い経験から読み解いていきましょう。

マダム阿仏尼が18歳か19歳の頃（一説に為家と出会った30歳以降とも）に書いたとされる日記『うたたね』からは、彼女が身分の高い貴族男性と恋に落ち、失恋した経緯がわかります。

10代のマダム阿仏尼は、安嘉門院《あんかもん》（高倉天皇の皇子・守貞《もりさだ》親王の娘、後堀河天皇の准母）に仕えていました。その頃は、安嘉門院越前《えちぜん》、安嘉門院右衛門佐《えもんのすけ》、安嘉門院四条などという女房名で呼ばれています。彼女の実父は不明。母の再婚相手である佐渡守平度繁《たいらののりしげ》が、養父として面倒をみてくれていました。

『うたたね』によると、マダム阿仏尼が恋した相手には北の方（正室）がいました。つまりは愛人です。相手の男性が誰なのかはわからず、身分違いの高貴な人でした。その恋は春に始まり、秋には失速していきます。というのも、北の方が亡くなったのをきっかけに、彼の訪問が間遠になっていったからです。マダム阿仏尼は、彼を強く思うあまり、いつも心乱れていました。

気持ちが晴れない日々を過ごす私に、久しぶりにあの方から思い出したように手紙をもらった。「妻が死んでこの世の無常を感じました。その哀れさをあなたと直接お会いしてお話したい」と書いてある。（中略）その夜、いつもの時刻が過ぎたのに、あの方は現れない。どうしたのかと思って眠れずにいると、忍びやかに門をたたく音が聞こえた。冷静になろうと思い鎮めた気持ちもどこへやら、滑り出すように庭に出て行った自分が疎ましい。月が大変明るいので非常にはしたない気持ちがして、透かしてある垣根の陰に隠れた。『源氏物語』の末摘花《すえつむはな》のお住まいの情景を思い出す。あの方も「そんなところに隠れていると、光源氏を怪しんで、末摘花の邸《やしき》の垣根で待ち伏せしていた頭中将《とうのちゅうじょう》のようだね」と言いながら近寄ってきた。そのお姿は、頭中将が詠みかけた和歌に、「里わかぬ光」の返歌をした光源氏のイメージにぴったりだ。この時のことはその後もしきりに思い出す。あの方も思い出してくれることもあるだろうかと思うたびに、自分の執着心が我ながら恥ずかしくなった。

（『うたたね』）

北の方を亡くして慌ただしく、なかなか逢いに来てくれない彼。仕方がないとわかっていても悶々とするマダム阿仏尼。そんな中、彼から連絡がありました。その日の夜、そわそわしていたマダム阿仏尼は門を叩く音が聞こえるや否や、興奮して庭に飛び出してしまいます。久しぶりに会った彼は、光源氏さながらの姿でした。

マダム阿仏尼は、再会の場面にふさわしい『源氏物語』の一節を踏まえて、その時の様子を描いています。まだ若かった彼女は、光源氏のように見えた彼に全身全霊で夢中でした。

そんな彼女の思いとは裏腹に、彼の訪問はさらに回数が減り、12月には完全に途絶えます。絶望したマダム阿仏尼は翌春、思い切った行動に出ました。

一緒に寝ていた女房仲間が寝静まってから、気づかれないようにそっと部屋を出た。燈火の残り火の心細い光にひどく怖くなったが、それでも無事に襖一重を隔てた自分の部屋に戻って、昼の間に用意した鋏や箱のふたなどをすぐに探り当てるとほっとした。しかし、自分で切ろうと自ら髪を引き分けた時は、さすがにそぞろに恐ろしくなった。

意を決して削ぎ落した自分の髪を箱のふたに入れ、（中略）その髪を包んだ厚手の紙の端に、少し思いついたことを書き付けた。けれど、外から差し込むほのかな燈火の光で書いたので、筆の跡もよく見えない。

（『うたたね』）

なんとマダム阿仏尼は、自ら髪を削ぎ落してしまったのです。昼間から用意周到に準備し、誰にも見つからないように夜中に実行。さらにその夜のうちに出仕していた邸を出奔しました。

北山の邸を出た私は、木の下陰に沿って、夢のような感覚でいた。事前に調べておいた山道を1人行く心地は、ひどく危うく恐ろしい。山里の人に怪しまれることもなく、奇妙に正気を失った姿で歩いている自分が、現実とは思えない。目指す尼寺は西山の麓なので、とても遠い。途中から降り出した雨が衣にじっとりと濡れるほどになった。（中略）ようやく夜が明けてくると、道行く人が私の姿を怪しみ、見とがめる人もいる。（中略）足の向くまま、早く山深く入ってしまおうと休まず歩く。苦しくて耐え難くて、もう死ぬばかりである。さらに行くと嵐山の麓に近づく。雨はますますひどくなり、向こうの山は雲が幾重も折り重なって、行く先も見えない。（中略）ついには山路に迷い込んでしまった。本当にどうしようもないことだ。惜しくはない命も、今はただ心細く悲しい。

（『うたたね』）

マダム阿仏尼は雨の中を、夜通し歩き続けました。途中で山道に迷い込み、散々な目に遭います。それでも、桂の里の女たちが異様な姿のマダム阿仏尼を見かけて気の毒がり、彼女を目的地である尼寺まで送り届けてくれました。

ようやくたどり着いた西山の尼寺で、マダム阿仏尼は出家の本懐を遂げます。静寂な尼寺に腰を落ち着けて、一瞬、煩悩を忘れるマダム阿仏尼。しかし、すぐにまた現世への執着心が芽生えるのです。


自然な感じの「ことのついで」があったというふうにして、あの方にお手紙を差し上げた。あの方からは「世間が煩わしいので、心に掛けながらご無沙汰しています。良い機会もなくて立ち寄ることも出来ません」などと、いい加減に書き捨てられた返事が来た。大変情けなく辛い。

（『うたたね』）


せっかく迷いを離れることが出来る環境に身を置きながら、懲りもせずに恋しい相手にしつこく手紙を書くマダム阿仏尼。残念ながら、相手からはつれない返事しかもらえません。

「自分で髪を切る→夜中に出奔→西山の尼寺で出家」というマダム阿仏尼のすさまじい行

動力に、相手の男性は腰が引けたのでしょう。
『うたたね』にはその後、マダム阿仏尼が体調を崩し、東山の愛宕《あたご》近くに引っ越したと綴られています。まさにその引っ越しの日、偶然、彼の牛車を見かけたマダム阿仏尼は、嬉しかったり悲しかったり。療養後は、元の出仕先に近い北山の自宅に帰り、養父の任地である遠江《とおとうみ》国に気晴らしに行くことになりました。
養父の邸に滞在中、京都の乳母が病気になり、急いで帰京します。京都入りのタイミングでも彼のことを思い出すなど、相変わらず未練を断ち切ることが出来ません。

その後は、浮草のようにさまよい出てどこかに行きたいという気持ちも懲りてしまった。つくづくと、こうして草深く荒れた我が家で朽ち果てるのが、前世からの運命だと自覚して分別をつけようとする。しかし、私は理性に従わない性格だ。これからはどうなってしまうのだろうか。

（『うたたね』）

『うたたね』の巻末で、こんなふうに述懐するマダム阿仏尼。確かに当時の彼女は決して理性的とはいえません。それこそ浮草のように不安定で落ち着きがなく、加えて執着心が強い〝重い女〟。嫌気が差し、気持ちが離れてしまった男の気持ちもわからなくもありません。が、散々振り回された挙句に自身の情熱を受け入れてもらえなかったマダム阿仏尼が、結果として感情の起伏が激しくなってしまったのも仕方ないことでしょう。

阿仏尼は出家した後、奈良の法華寺（現在の国分尼寺）に住んだ。さらにその後、慶政《きょうしょう》上人（藤原氏出身）が創建した松尾（現在の京都市西京区）の法華山寺のほとりに移り住んでいた。ある時、『源氏物語』の書写のために法華寺の尼に紹介され、藤原為家の娘である後嵯峨院大納言典侍為子《ごさがいんだいなごんすけのためこ》のもとに参上する。

（『源承和歌口伝』）

それから後のマダム阿仏尼は、奈良や京都の寺を転々として10年ほど過ごしました。その間に息子と娘を出産（父親は不明）。生活に困窮し、随分と苦労した時期もあったようです。

そして、マダム阿仏尼がアラサーを迎える頃、ついに幸運がめぐってきます。

『源氏物語』の書写の仕事で知り合った後嵯峨院大納言典侍為子から、彼女の父である為家、すなわちムッシューを紹介されたのです。

ムッシューが当主を務める御子左家にとって、『源氏物語』は大変に重んじられた作品でした。彼の父の定家が青表紙本『源氏物語』の本文を整えたことや定家自筆本『源氏物語』の巻が現存していることは、よく知られています。また、祖父の俊成も『六百番歌合《ろっぴゃくばんうたあわせ》』で「源氏物語を読まない歌詠みは残念なことである」と言っています。

ムッシューにとって『源氏物語』の書写が重

大任務であったことは間違いありません。当然、『源氏物語』に精通している人に依頼したいと考えたはずです。ムッシューはマダム阿仏尼の学才を見抜き、その重責を果たせると見込んだのでしょう。彼女は期待に応えるべく、能力を存分に発揮しました。2人は親密になっていきます。

果たして、マダム阿仏尼とムッシューが出会って5年ほどが経った正嘉2年（1258）、2人の間に第1子が生まれます。その2年後の文応元年（1260）秋、63歳のムッシューは本宅（冷泉高倉邸）を出て、嵯峨の中院邸《ちゅういんてい》に移りました。原因は北の方との不仲です。

弘長3年（1263）、マダム阿仏尼は第2子となる為相を産み、翌年には中院邸でムッシューと共に暮らし始めます。これ以降、建治元年（1275）5月にムッシューが78歳で亡くなるまで、2人はずっと一緒に生活しました。ちなみに文永2年（1265）には第3子となる為守《ためもり》も生まれています。この時、ムッシューは68歳、マダム阿仏尼は40歳を少し超えたくらいでした。

ムッシューと出会ったことで、才気あふれるマダム阿仏尼が登場しました。もう、身を焦がすような情熱が空回りして、感情の起伏が激しくなることもありません。全部彼が受け止めてくれたからです。

そもそもムッシューは、それまでの恋人とは度量の広さが違いました。歌道の名門・御子左家は蹴鞠《けまり》の家でもあったことから、彼は蹴鞠が得意なスポーツマンでもあり、72歳で蹴鞠の会を催したり、74歳で内裏《だいり》の御蹴鞠に参加したりしています。また、70歳を過ぎても自ら馬を駆って紅葉見物に出かけるようなタフなジェントルマンでした。お酒も好きで、陽気で情け深く、いつも周りに人がたくさん集まってくる魅力的な人物だったのです。若い頃のマダム阿仏尼に冷淡だった恋人が張り合えるような相手ではありません。

マダム阿仏尼がやっと巡り合えた本当の〝光源氏〟は、ムッシューでした。

2　自らの使命を知った幸せ

ムッシューが嵯峨の中院邸に移り住んで以降、そこにはさまざまな文化人たちが集まりました。ムッシューを囲んで、和歌や連歌《れんが》、蹴鞠に加え、酒宴を楽しむ文化サロンとして賑わったのです。当然、マダム阿仏尼もサロンの運営をサポートしていました。特に、中院邸でたびたび行われた『源氏物語』の古典講義では、大活躍です。

17日昼頃に中院邸に行く。『源氏物語』の講師にと女主《あるじ》の阿仏尼が呼ばれた。彼女は御簾《みす》の中で『源氏物語』を「若紫」の巻まで読んだ。誠に興味深い。世間一般の人が読むのとは違っている。おそらく秘伝があるのだろう。

夜になり、酒を飲んだ。主人が女2人を呼び出し、盃を取らせた。女主が簾の近くに私を呼び寄せて「この邸の主人は、『千載集』の撰者である俊成卿の孫で『新古今集』『新勅撰集』の撰者である定家卿の子。ご本人は『続後撰集』『続古今集』の撰者です」

と言う。さらに「お客様のあなたは『新古今集』の撰者である飛鳥井雅経《あすかいまさつね》卿のお孫さんで、『続古今集』に入集した歌人です。昔からの歌人が、お互いに小倉山の名高い住居に滞在し、このような物語の素晴らしさを色々と語り合って心を慰める様子はめったにないことです。最近の世間の人たちとは違って、あなたは昔馴染みの人のような気がします」と過分なお褒めのお言葉をいただいた。男主人は情にもろい優しい人で年を取っており、酒の酔いも加わって涙をこぼした。暁になったので散会した。

（『嵯峨のかよひ』文永6年（1269）9月）

『嵯峨のかよひ』（『嵯峨のかよひ路』とも）は、歌人である飛鳥井雅有《まさあり》の日記です。雅有は当時29歳。この日記には、頻繁に嵯峨の中院邸を訪れてムッシューと交遊していた様子が記されてます。雅有とムッシューは、先祖代々昔からの知人でした。

彼は2カ月半にわたって、ムッシューから『源氏物語』の講義を受けていました。引用したのは、マダム阿仏尼が呼ばれて『源氏物語』を読み上げる講師を務めた時の様子です。

雅有は、勅撰和歌集である『新古今和歌集』の撰者の1人である飛鳥井雅経の孫で、自身も勅撰歌人でした。その一流歌人が「誠に興味深い。世間一般の人が読むのとは違っている。おそらく秘伝があるのだろう」と感嘆するほど、マダム阿仏尼による『源氏物語』の講師ぶりはレベルが高かったことがわかります。

彼女はこの時の酒宴で、重代の和歌の名人たちが小倉山の名高い山荘で『源氏物語』を語り合う素晴らしさをアピールしています。宴席にいた人たちは、それを聞いて感動した様子。ムッシューは涙までこぼしています。マダム阿仏尼は、文字通り御子左家のマダム（女主）として、客人たちをしっかりおもてなししていたのでした。

5日、（『源氏物語』の講義は）「若菜」の残りから「柏木」に進んだ。講義が終わった後、いつものように酒を飲む。その場にいる皆はすっかり酔い乱れる。夜になってから女房2人が現れ、箏の琴の調子を下げて試し弾きしている。女主が『源氏物語』はとりわけ和琴を褒めているけれど、今の世にそれを弾きこなせる人は少なく、私はまだ高く澄んだ音色を聞いたことがありません」と言う。これは、私に弾くように催促なさっているのだ。（中略）あまり辞退するのも却って上手ぶっているようなので（中略）ほんの少しかき鳴らす。すぐに箏の琴の方から楽を引き出したので、やめないで一緒に弾いた。楽を2つ3つ演奏した後、興味が湧いてきたらしくて陪臚《ばいろ》（和楽の演目名）の早弾きを弾き出す。私もよくわからないままところどころ合奏した。暁になったので帰った。

（『嵯峨のかよひ』文永6年10月）

この日も『源氏物語』の講義後に酒宴が催されました。どうやら古典講義の後にはいつも夜通し酒宴が張られていたようです。マダム阿仏尼はこの時、雅有に和琴を弾くように催促。雅有は最初こそ遠慮していましたが、ちゃんと弾いてくれました。酒宴は箏の琴と和琴のセッションで盛り上がったことでしょう。マダム阿仏尼は抜かりなく客人たちを楽しませていました。

このように、マダム阿仏尼は、押しも押されぬ御子左家の女主として、中院邸の文化サロンを取り仕切っていました。ムッシューと力を合わせて、文化の薫り高い教養豊かなシ

チュエーションを創り出していたのです。2人が創り上げたその時間と空間は、まるで平安王朝の文芸サロンのような、さぞかし優雅なものだったことでしょう。

若い頃には持て余し気味だったマダム阿仏尼の溢れ出る情熱は、ムッシューとの文化サロン運営に注ぎこまれていきました。これこそが、勅撰歌人であり、古典の学才にも秀でた彼女にしか出来ない仕事です。

一世の才媛であるマダム阿仏尼と、彼女の熱い思いをすべて受け止めてくれるムッシュー。彼と一緒にいる限り、マダム阿仏尼はいつも輝いていたに違いありません。

こうした中院邸のサロンを通して、マダム阿仏尼とムッシューは、文芸をはじめとする文化的な諸芸を盛り上げようとしました。当時、衰えつつあった公家文化の復興です。2人は仲睦まじい夫婦であったというだけでなく、まさに同志のような存在でもありました。そんな2人にとって、御子左流の歌の家を守っていくことは、公家文化の伝統を繋いでいくための大切な使命でもあったのです。

ところで、嵯峨に山荘を持っていたのはムッシューだけではありません。彼の北の方の父親は、鎌倉幕府の御家人だった宇都宮頼綱《うつのみやよりつな》（蓮生《れんしょう》）で、歌人としても名高く、彼自身の父・藤原定家とも昵懇《じっこん》の仲でした。

その頼綱も、嵯峨に中院山荘を持っていて、その障子（現在の襖）を飾る色紙を定家に依頼しました。定家が自ら選んだ天智天皇以降の歌人の和歌が「小倉百人一首」の原型です。そんな親同士の親密な交流から、定家は頼綱の娘を息子の正室にしたのです。

ムッシューと頼綱の娘の間には、為氏《ためうじ》と為教《ためのり》が生まれます。兄の為氏が御子左家の嫡流を受け継ぎ、弟の為教も独自の歌風を打ち立てました。その結果、為氏は二条家、為教は京極家という別の一派と家を確立します。特に二条家は御子左家の嫡流ということもあり、当時の歌壇において重きをなしました。そもそも、祖父の代から付き合いの深い宇都宮氏の血を引く為氏と為教兄弟は、ムッシューにとって尊重すべき息子たちであり、二条家も京極家も綺羅星のような「歌の家」でした。

それに対して、マダム阿仏尼は、ムッシュー晩年の側室です。彼女の息子である為相が生まれた時、父であるムッシューは66歳でした。為相と長兄の為氏の年の差は41歳。為氏にはすでに勅撰和歌集の責任編集や著名な歌論書の執筆といった業績もあり、押しも押されぬ御子左家の跡継ぎでした。それに比べて為相は、ムッシューのその他大勢の息子の1人に過ぎなかったのです。

しかし、為氏には、どうしても為相を許せないことがありました。というのもムッシューはマダム阿仏尼が為相を産むと、もともと為氏が受け継いでいた播磨《はりま》国細川荘（現在の兵庫県三木市）の領地を「悔返《くいかえし》」（取り戻すこと）し、為相に与えてしまったのです。為氏にしてみたらたまったものではありません。建治元年にムッシューが亡くなると、為氏は当然のように「悔返」を認めず、細川荘を譲ろうとしませんでした。

「悔返」を認めないという為氏の行為は、マダム阿仏尼や為相の経済基盤を揺るがす大問題でした。生活を困窮させるだけではありません。嵯峨の中院邸でムッシューと一緒に目指した大きな理想——公家文化の復興と伝統の継承——のためにも障害にしかなりません。そこで、マダム阿仏尼は細川荘を取り返す決意をしたのです。

3 守るべきものがあるから

マダム阿仏尼の生きた時代、公家の法律では「悔返」を認めていませんでした。しかし、鎌倉幕府が制定した御成敗式目では、父が子孫に与えた財産や所領を取り戻せるという「悔返」が認められていたのです。マダム阿仏尼は鎌倉幕府に細川荘の「悔返」を認めてもらう訴訟を起こすために、鎌倉に行くことを決心します。この時、マダム阿仏尼はすでに50代後半。現代人でも体力の衰えを感じる年齢です。当時としては高齢者といってもいい年代でしょう。

また、マダム阿仏尼と敵対した為氏の母方の祖父は、鎌倉幕府の有力御家人でもあった宇都宮頼綱でした。マダム阿仏尼にとって鎌倉は敵地のようなもの。それでも彼女は旅立ちました。

この鎌倉への旅の過程や体験を記録したのが、『十六夜日記』です。残念ながらマダム阿仏尼は、裁判の結果が出る前に鎌倉（一説に京都）で亡くなります。が、息子の為相が跡を継いで訴訟を続け、マダム阿仏尼が亡くなってから約30年後の正和2年（1313）7月20日、やっと幕府に細川荘の伝領を認めてもらいました（冷泉家文書『鎌倉幕府裁許状集』）。

こうして和歌の名門・御子左流の冷泉家は経済基盤がしっかりし、安泰となったのです。

勅撰和歌集を選ぶ人の例は多くある。しかし、御子左家の藤原定家や藤原為家のように、1人で二回も勅命を受け、二代にわたって天皇に勅撰和歌集を奉ったという家は、類いまれな珍しい栄誉だと思う。私は為家の妻として、その名誉な家に関わりを持った。夫からは3人の息子たち（定覚律師《じょうがくりっし》、為相、為守）と、多くの和歌の資料や伝書類を管理するように託された。さらに夫に「歌道を盛り立てなさい、子供をちゃんと育てなさい、私の後世を弔いなさい」とも言われている。そのために細川庄の相続を遺産としてしっかり約束してくれたのに、ゆえなく横領されてしまった。亡き夫の供養のための財源も、歌道を守って家名を支えるために必要な親子の生活の資産も、いつ絶えるかわからない貧しい歳月を過ごしている。

危うく心細い暮らしの中で、どうして今まで何も感じないまま生きてこれたのだろう。私の身は惜しくもなく、どうなっても良いと覚悟は出来ている。しかし、子を思う心の闇のような惑いはやはり耐え難く、また御子左流の歌道の将来に対する心配は尽きない。「それでもさすがに関東に訴えて裁決を仰いだならば、判決が下るかもしれない」と切実に思いつめた結果、すべての遠慮を忘れ、わが身を世間には無用なものと思い切り、十六夜の月に誘われて関東に下向しようと決心した。

（『十六夜日記』）

これは『十六夜日記』の序文に続く一節です。鎌倉に向かうマダム阿仏尼の堅い決意が読み取れます。

従来の研究では、マダム阿仏尼が鎌倉で裁判を起こした要因のひとつとして、子供たちへの深い愛情によることが指摘されてきました。けれど、この文章を読むとそれだけでないことがわかります。マダム阿仏尼は、御子左家の歌道を盛り立てて、家の名誉を守るため、不当に横領された遺産を取り返すと主張しているのです。彼女が当家の歌道にこだわるのは、敬愛する夫のムッシューが望んだことだからです。

夫の遺志を受け継いだマダム阿仏尼は、御子左流の歌道と子供たちのために、わが身を捨てて勇ましく鎌倉へと向かったのでした。

しかしながら、マダム阿仏尼の訴訟の障害は、彼女の年齢や鎌倉行きの旅路の長さだけではありませんでした。訴訟の最中や死後に及んでまで、為氏側の人たちからの誹謗中傷はひどく、手厳しく批判されたのです。

例えば、為氏の弟（母親は未詳）の1人、天台宗の僧であった源承《げんしょう》（俗名は藤原為定《ためさだ》）は、為氏側の二条家擁護派でした。マダム阿仏尼が亡くなってから10数年後の永仁2年（1294）～7年（1299）頃に彼が書いた『源承和歌口伝』という歌論書には、マダム阿仏尼への痛烈な批判が見えます。

父為家が、嵯峨の別荘に住んでいたある日。自分は、文永8年（1271）の禅林寺殿《ぜんりんじどの》（京都東山の離宮）の歌会に父のお供をして参加した。（中略）後日、今出川で催された西園寺《さいおんじ》相国（実兼《さねかね》か）の歌会にも参加して、その次第を細かに語った。すると阿仏尼がそれを聞いて、自分も名声を得たいと思い立ったらしい。突然、彼女の本居である「持明院の北林」に移り住み、嵯峨にある父の別荘に所蔵されている御子左家伝来の文書を勝手に運び移した。兄の為氏は心が狭く、同腹の弟でさえも道を隔てるような人であるため、為相をはじめとする腹違いの末弟たちに会うことなどありえない。しかし、阿仏尼は思うところがあるため、父為家に歌道に携わることの許可を得て、為相たち末弟を集めて自ら文字を読み、心の赴くままに勝手なことを伝えている。為家は眠ったふりをして阿仏尼の言うがままにしていた。

（『源承和歌口伝』）

源承は二条家側の立場ではあるものの「兄の為氏は心が狭い」などと批判的です。どうやら源承は人の悪口が先走る性格のようです。その源承が、兄よりもっと批判しているのがマダム阿仏尼でした。源承は、父為家が見逃しているのを良いことにマダム阿仏尼が好き放題していると強い調子で書いています。御子左家の大切な文書を勝手に持ち出したり、当家の歌道を勝手に教えたり……と、その書きっぷりは彼女に対する悪意に満ちています。

阿仏尼は前中納言（藤原定家）自筆の折紙（鑑定書）の目録を隠し持っていただけでなく、御子左家伝来の重要な文書をたくさんかすめ取っては、さまざまな人に見せていた。その頃、二度の夢のお告げがあり、阿仏尼たち三姉妹が続いて亡くなった。歌会の席には住吉の神様がご照覧なさっている旨が書かれているのに、恐ろしいことだ。

（『源承和歌口伝』）

実際、冷泉家の時雨亭文庫には、定家の日記である『明月記《めいげつき》』をはじめとして、俊成と定家の自筆本が多数現存しています。マダム阿仏尼が定家自筆の目録まで隠し持っていたとする源承の主張も、まったくのでっち上げではなかったと思われます。

ただ、為氏の二条家と為教の京極家は、室町時代に早々と断絶してしまいました。なので、両家に伝来した御子左家の書物の多くは散逸しています。一方で、冷泉家は連綿と続いていたため、当家伝来の貴重な古典籍を後世に残すことが出来ました。マダム阿仏尼の持ち出し行為が事実であったとしても、そのために御子左流の和歌の伝統が守られたのは動かしようのない事実です。

源承は、マダム阿仏尼が御子左家の文書を他人に見せていた頃、彼女の姉妹3人が立て続けに亡くなり、住吉の神様の神罰が恐ろしいと書いています。源承としては「阿仏尼の目に余る行為には因果応報があって当然」と言いたかったのかもしれません。

しかし残念ながら、源承の道理を説く言葉は、若干説得力に欠けます。というのも、源承自身は、日本文学研究者の三角洋一氏が「歌人というよりは才覚の人」と評するような人物でした。勅撰和歌集を物差しにしてわかりやすく比較すると、源承は26首、マダム阿仏尼は48首入集しています。当時の歌人のステータスが、勅撰和歌集に何首入集したかで決まるのは繰り返し述べてきた通りです。源承よりマダム阿仏尼の方が、歌人として優れていたのです。

いつの時代も、陰で悪口を言うのは嫉妬混じりの残念な人が多いのではないでしょうか。源承の阿仏尼批判は、現代社会のネットに多数散見する誹謗中傷に近い印象も受けてしまいます。マダム阿仏尼が細川荘を取り返したかったのは、生活に困窮しないためだけではなく、御子左家の歌道の隆盛を妨げないためです。遠い鎌倉まで命がけの訴訟に行くのは、決して私利私欲だけでは出来ないことでしょう。

それぞれの代に書き置かれた和歌の書物の中で、きちんと奥書がしてあって伝来が確実なものばかりを選び整えて為相のところに送る。それに書き添えた和歌は次の通り。

和歌の浦にかきとどめたる藻塩草これを昔のかたみとは見よ

これこそ和歌の家に書き残され、伝えられた貴重な歌書です。これを亡き父上の形見と思って大切にしてください

あなかしこ横波かくな浜千鳥ひとかたならぬ跡を思はば

ああ決して、邪道に走ってはいけませんよ、息子よ。並々ならぬご先祖の功績を思うならば

これを見て、早速、為相から返事があった。

つひによもあだにはならじ藻塩草かたみを三代の跡に残さば

将来、この歌書がむだになることは決してありますまい。三代にわたる家の大切な歌書を、母上が私に形見として残してくださいましたので

迷はまし教へざりせば浜千鳥ひとかたならぬ跡をそれとも

並々ならぬご先祖の功績を母上が教えてくださらなかったならば、愚かな私は歌の道に迷ってしまったことでしょう

為相からの返歌が大変大人びていてしっかりしていたので、安心してしみじみ感じ入る。それにつけても、亡き夫の為家に聞かせてあげたくて、また涙が流れてしまった。

（『十六夜日記』）

これは、マダム阿仏尼が鎌倉に旅立つ直前の場面です。彼女は、御子左家に伝来した貴重な歌書の中から選りすぐりのものを為相に送りました。もしかしたら、これらこそ源承が「阿仏尼がかすめ盗った」と誹謗した書物かもしれません。ただし、マダム阿仏尼は、自分のためだけに持ち去ったわけではなく、為相に相伝しています。同時に当家の功績として大切に学ぶように指示しています。

その為相から立派な返歌がきて、安心するマダム阿仏尼。亡き夫に聞かせたいと涙を流します。為相は御子左家の血統を受け継ぐので、彼が歌人として成長するのは、夫の理想を叶えるものです。後にマダム阿仏尼が鎌倉に滞在している時、京都の為相から和歌50首の添削を依頼する手紙が届きます。マダム阿仏尼は成長著しい為相の和歌の出来に大変喜び、評語の後に次のような和歌を書き付けました。

これを見ばいかばかりとか思ひ出づる人にかはりて音こそ泣かるれ

為相のこの和歌50首を、亡き父上が見たらどんなに喜ぶだろうかと、なつかしく思い出される父上に代わって声を出して泣けてきます

（『十六夜日記』）

ここでも為相の和歌の上達は、ムッシューの本懐だと言っています。マダム阿仏尼にとって為相は、単に母親としての愛情を注ぐ息子というだけではありません。愛するムッシューの遺志を受け継ぐ忘れ形見として、歌の家と歌道の明るい未来を象徴する存在でもあったのです。そんな息子と和歌文化の将来を守るべく、マダム阿仏尼は鎌倉へと旅立ちました。勝つか負けるかわかりません。でも、守るべきもののために決然と行動したのです。

おわりに

裁判の結果を見届けることなく、志半ばで亡くなったマダム阿仏尼。しかし、令和の現在、冷泉家は絶えることなく続き、時雨亭には御子左家の貴重な書物が残されています。マダム阿仏尼がムッシューと目指した歌道の隆盛と公家文化の存続は立派に果たされたというわけです。

彼岸でムッシューはマダム阿仏尼と再会し、感謝していることでしょう。自分の目に狂いはなかったと愛妻を誇らしく感じているはずです。

一方のマダム阿仏尼は、狂おしいほどの情熱をムッシューに受け止めてもらいました。高い理想を持ち、志を貫くことも教えてもらったのです。そんなムッシューに対して、最後まで恥ずかしくない自分でいられたことを嬉しく思っていることでしょう。

第七条
自分を肯定し続ける
～『とはずがたり』後深草院二条《ごふかくさいんにじょう》～

後深草院二条系図

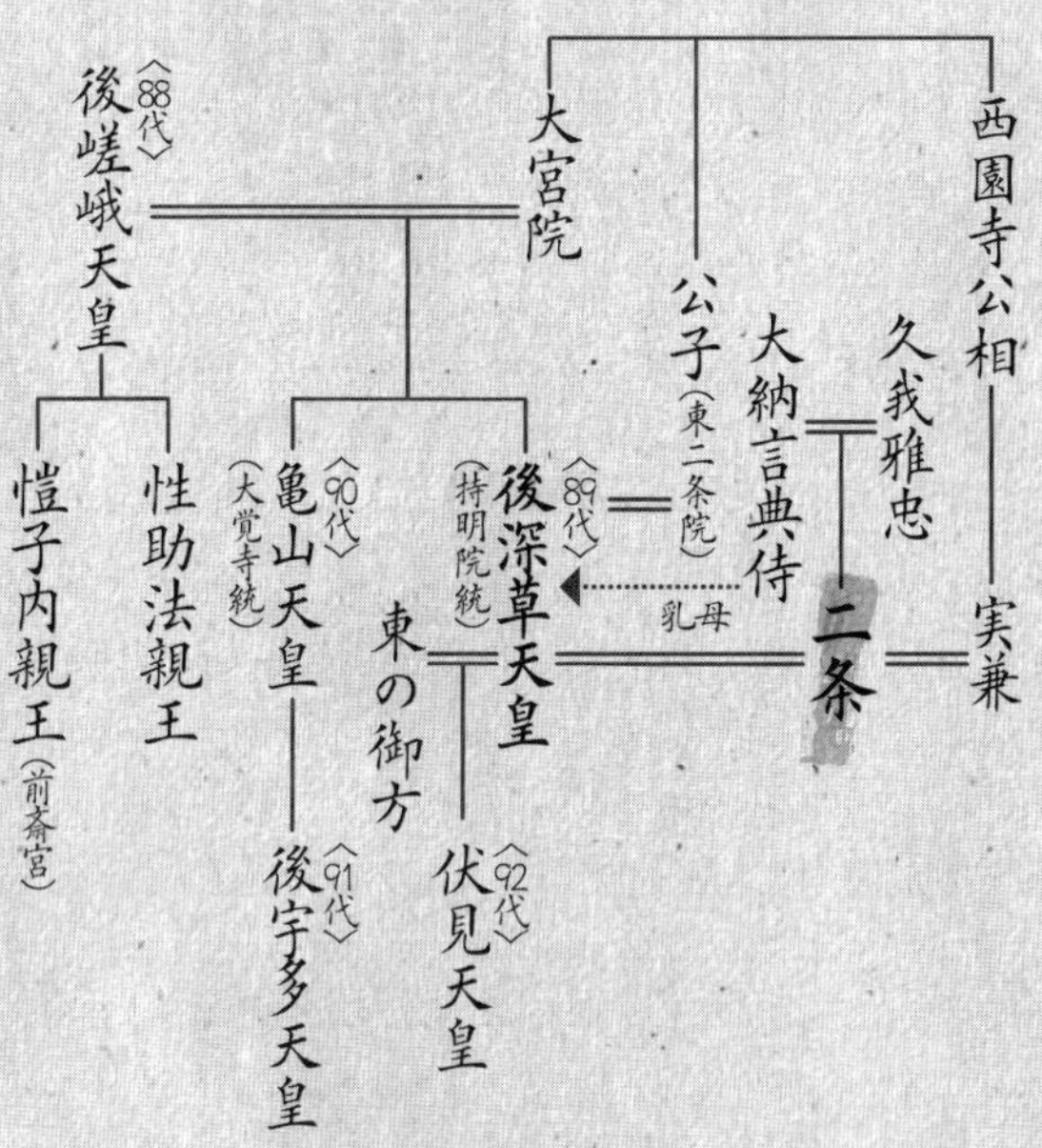

とはずがたり

後深草上皇付の女房で愛人でもあった二条の作品。全5巻。文永8年（1271）～嘉元4年（1306）の出来事で、前3巻は著者が14歳で院の愛人となり26歳で院御所を退くまでの回想録。後2巻は32歳から49歳までの全国遍歴の紀行文を含む日記。昭和13年に写本が偶然発見されるまで存在自体が無名だった。男女関係があまりにもスキャンダラスだったため、全文が活字化されて世に出たのは約700年の時を経た戦後の昭和25年だった。

はじめに

鎌倉時代の中期〜後期、日本国内では武士たちが大活躍していました。武家政権が力を持ち、国内を統治していたのです。その中枢を担うのは、坂東の地を拠点とする鎌倉幕府。政治の実権はすでに京都から遠く離れた鎌倉に移っていました。

当時、日本の武士たちは世界史レベルでの活躍をしていました。文永11年（1274）と弘安4年（1281）には、ユーラシア大陸を席捲し、世界水準で最強クラスの武力を誇っていたモンゴル帝国（元朝）が二度にわたって襲来。そんな強大な国からの襲撃に対し、鎌倉幕府第8代執権の北条時宗は迎え撃つ決断をします。武士たちは獅子奮迅の働きで見事に元軍を撃退して未曾有の国難を乗り切りました。

一方、京都の朝廷でも日本史の流れを変える動きがありました。発端は、第89代後深草天皇とその弟である第90代亀山天皇との間に、皇位継承をめぐる対立が起きたことです。最終的には鎌倉幕府が介入し、後深草天皇の皇統（持明院統）と亀山天皇の皇統（大覚寺統）が交互に皇位を継承することになりましたが、この不自然な皇位継承は、後に北朝（持明院統）と南朝（大覚寺統）の2つの朝廷が並立する事態を招きます。つまり、王権が分裂する混乱した時代（南北朝時代）を誘発する発端となったのです。

このように、鎌倉時代中期～末期の日本は波乱の時代でした。後深草天皇はその渦中の1人です。そんな後深草天皇が譲位した後に〝恋人〟として仕えたことを自認し、『とはずがたり』という日記を書いた女房が二条でした。

『とはずがたり』に描かれる二条と後深草院をめぐる関係性は、現代人にとっては衝撃的です。たとえば、二条には後深草院の寵愛を受ける以前からの恋人・西園寺実兼《さいおんじさねかね》がいました。彼とは切れることなく密会を続け、ついには不義の子を出産します。また、院の異母弟である性助法親王《しょうじょほっしんのう》とも院公認で関係を持ち、彼との間に2人も子供をもうけます。その他にも、院自身に促されて30歳も年上の近衛大殿《このえのおおいどの》（鷹司兼平《たかつかさかねひら》）の共寝の相手をすることもありました。

さらには、院の漁色の手伝いも二条の役目でした。院にせがまれて、異母妹の愷子《がいし》内親王の寝所に彼を導いたり、別の女性と院との間を取り持ったり……。平安時代中期の雅やかな宮廷文化と異なり、摂関政治の終焉を背景とした退廃的な宮中の様子が垣間見えます。

そんな混乱した男女関係に翻弄された挙句、二条は26歳の時に長年出仕した院の御所を追い出されてしまいました。時は弘安6年（1283）。2度目の蒙古襲来からたった2年後です。にもかかわらず、二条の人生は後深草院を中心とする「小さな世界」で完結していました。

『とはずがたり』によると、二条は御所を退いた後に出家しました。尼となった彼女は、憧れの歌聖・西行にならって諸国を旅したようです。それと並行して写経供養の宿願と和歌の家としての実家（久我《こが》家）再興という2つの志を立てていました。そのうち写経供養は実現できたようですが、和歌の家の名誉を回復することは叶いませんでした。というのも『とはずがたり』には、二条の詠歌が100首以上も掲載されているのに、同時代のどの歌集にも彼女の名前は見えないからです。そもそもこの時代のどんな史料にも、彼女に関する記録は確認できないのです。そのため、その実在性を疑問視する説もあるほどです。

二条は歌人として世に出ることを切望していたようですが、当時の文化社会における彼女の存在感のなさでは、到底叶うものではありませんでした。

歌人として身を立てるという志は果たせず、色欲まみれの狭い世界で生きるしかなかった二条。それでも『とはずがたり』の中の彼女は、常に自己肯定感を高く持って行動します。この「自己肯定感の高さ」は、いったい何に支えられていたのでしょうか。ここでは、二条が後深草院を軸にして創り上げた小さな世界を読み解き、彼女の精神力の秘密に迫ります。

「二条」という呼び名は、院に女房として出仕する際に都の小路にちなんで付けられた名前でした。小路名にちなむ女房名は大・中納言の娘に付けるもので、大臣クラスの娘には付けません。二条の父である久我雅忠《こがまさただ》（源雅忠とも）の官職は大納言止まりでしたが、娘は大臣の娘として扱うように強く望んでいました。なのでこの名前を嫌がったそうです。院は父親の希望を尊重して、二条を「あかこ」と呼んでいました。院にならって二条を「あかこさん」、後深草院を「御所さま」と呼ぶことにします。

1 格下には哀れみを

あかこさんはわずか2歳で母親と死に別れ、4歳の時に御所さまのもとに引き取られました。14歳になった時、父と御所さまの密約によって、御所さまの〝お手付き〟になります。まさに『源氏物語』の若紫のリアル版であり、あかこさんにしてみれば青天の霹靂でした。父親代わりに育ててくれた御所さまが、いきなり夫になったのです。若紫と違うところは、すでにあかこさんには西園寺実兼という恋人がいたことでしょうか。御所さまのたっての希望であかこさんは横恋慕されたのです。どれだけ、あかこさんを気に入っていたのでしょうか。『とはずがたり』によると、御所さまはかなり早い段階からあかこさんを見初めていたようです。

御所さまは「誰よりも早くあかこを見初めて、多くの年を重ねてきた。なので、何事につけてもいい加減でなくあかこを大切に思っているのだが、なぜか私の思い通りにならないことばかり。私の心の中の愛情を見せてやれないことが本当に悔しいことだ。

私の初めての性の営みは、あかこの亡き母である大納言典侍《だいなごんのすけ》（典侍大《すけだい》）から習った。なので、何かにつけて人知れず典侍大のことを慕わしく思っていたのだが、まだ自分は幼すぎると思って世間に遠慮して過ごしているうちに、藤原冬忠《ふじわらのふゆただ》やあかこの父の久我雅忠などが典侍大の夫づらをするようになって、私はずっと隙をうかがっていたのだ。あかこが典侍大のお腹の中にいた折も、生まれて来るのが待ち遠しかった。早く成長せよ、と人の手に抱かれていた頃から、あかこの世話をしてきたのだ」などと昔の古いことをおっしゃった。

（『とはずがたり』巻三　弘安4年2月）

なんと御所さまは、あかこさんが母親のお腹にいる時から狙っていたようです。しかし、当時は生まれてくるまで性別はわからなかったので、現実味はありません。

御所さまと関係を持つことになったあかこさんは、その後、里下《さとお》りと院御所への再出仕を繰り返し、今後の自分の身の上について不安がっていました。

いくほどの日数も隔てず、今回は通常通りの形で院参したけれど、どうしたことか落ち着かないことがある。早くも他人から口さがないことを噂され、「あの娘（＝あかこ）は、大納言（＝雅忠）の秘蔵っ子で、まるで女御《にょうご》として入内《じゅだい》するような形式を取って御所さまに差し出された」などと中傷された。そのため、さっそく御所さまの女院である東二条院《ひがしにじょういん》の御方が不快なご様子になっていくので、いっそう興ざめな気持ちがする。

そんな感じのまま、御所さまの女房とも愛人ともつかない状態で出仕していた。御所さまとの仲が絶えたというほどではないが、お召しもないまま積もる日数も重なればおもしろくない。また御所さまの夜伽《よとぎ》に参上する女性の出入りについて、ほかの人のようにあれこれ申し上げることのできる立場でもないので、その取り持ち役をしていると、世の習わしに従うのはつらいことばかりだと思われてくる。

（『とはずがたり』巻一　文永8年1月）

東二条院とは西園寺公子《きみこ》のことで、御所さまの后です。「女院」とは天皇の生母や后などの尊号で、待遇は上皇とほぼ同じ。つまり、あかこさんとは比べ物にならないレベルの公式な妻なのでした、そんな格上の女性から嫉妬心を抱かれて、あかこさんは「つらい」と嘆いているのです。

しかしながら、あかこさんは正式に入内したわけではありません。女御のように御所さまに召され、女院さまから嫉妬された、というのはやはり信じがたい。女房だか愛人だかよくわからない立場のあかこさんが、格上のお后さまの目に余るくらい御所さまに寵愛《ちょうあい》されていたことを〝匂わせ〟たかったのに過ぎないかもしれません。

あかこさんはまた、御所さまの女房として、他の女性との間を取り持つことが「つらい」とも言っています。『とはずがたり』によると、あかこさんは御所さまの異母妹である愷子《がいし》内親王と、扇の絵を美しく描いたとされる女性の2人を御所さまに繋いだと書かれています。

まずは愷子内親王の場合。内親王は父である後嵯峨法皇の崩御に伴い、勤めていた伊勢斎宮《さいぐう》を退下し、帰京します。前斎宮《さきのさいぐう》と呼ばれるようになった内親王は、御所さまの母后である大宮院《おおみやのいん》（後嵯峨天皇中宮）が居住する嵯峨殿を訪れた際、御所さまとも対面します。

プレイボーイの御所さまは、前斎宮の美貌に一目ぼれ。あかこさんに取り次ぐことを頻りにせっつきました。あかこさんは、首尾よく御所さまを前斎宮の寝所に案内します。

御所さまと前斎宮がいる御几帳《みきちょう》内は、私から遠くないので気配が伝わってくる。前斎宮は御所さまが苦心することもなく、早くも許してしまって、あまりにも残念である。もっと気を強くして朝まで御所さまを拒んでいたら、どんなにおもしろいことだろうと思ったのに。御所さまはすっかり夜が明け切らないうちにお戻りになり、「桜は見た目の色つやは美しいが、枝がもろくて手折りやすい花だね」などとおっしゃった。見た目は美しいが、手ごたえのない桜の花のような前斎宮は、色好みの御所さまの気持ちをそそらなかったのだろう。果たして私の思った通りだった。

（『とはずがたり』巻一　文永9年11月）

御所さまにとって前斎宮は期待外れだったようです。御所さまは次の日にはもう興味が失せ、その後は前斎宮から足が遠のいてしまいました。あまりにも御所さまが放置するので、見かねたあかこさんは前斎宮と再会することを御所さまに助言します。御所さまは、気乗りしないまま前斎宮をお召しになりました。あかこさんはいつものように、屏風を隔てて御所さまのそば近くに控えていました。すると、前斎宮は、いつかの夜の夢のような逢瀬の後、御所さまの訪れがまったく途絶えてしまった日数の恨み言を訴えているのが聞こえてきました。前斎宮の恨みはまったくその通りだと思いながら、耳をそばだてるあかこさん。その恨み言を聞いているうちに夜明けを告げる鐘の音が聞こえてきました。泣きながら退出していく前斎宮の袖は、「傍で見てもわかるほど濡れていた」とあかこさんは書き記します。

御所さまの愛人になった当初、あかこさんは女房として夜伽に上がる女性たちの取り次ぎをするのはつらい、と嘆いていました。しかし、いざ御所さまに取り次いで、けんもほろろな扱いを受けた前斎宮には同情的です。自身の立場の不遇さをかこつより、御所さまの好みに合わなかった前斎宮を哀れみの目で見ています。

『増鏡』（第9「草枕」）には、その後の前斎宮が描かれています。御所さまと疎遠になった彼女のもとに、忍んで通うようになったのは西園寺実兼でした。あかこさんの恋人です。実兼は誠実に前斎宮と向き合い、非常に大切にしていました。しかしある夜、前斎宮はひょ

んなことから、他の貴族男性を意図せずに引き入れてしまいます。それを知った実兼は情けなくなって、いったん疎遠になります。が、前斎宮の懐妊が判明すると、自分の子ではない可能性があるにもかかわらず、懇切丁寧にお産の世話をしました。ほかにも自分の財産を前斎宮にも分けるなど、実兼はなにくれとなく面倒をみます。弘安7年（1284）2月15日に前斎宮が36歳で亡くなった時も、実兼は非常に嘆き悲しんだといいます。

西園寺実兼は、あかこさんともずっと切れずに繋がっていました。あかこさんをよく理解し、支援してくれるので、あかこさんはいつも頼りにしていました。その彼が前斎宮に通っていたことは、『とはずがたり』には一切触れられていません。知っていたのか知らなかったのか。どちらにしても、あかこさんはあくまで、御所さまに取り次いだのに見限られた女性としての前斎宮に同情していたのです。

同じくあかこさんが取り次いだ絵描きの女性はどうだったのでしょうか。発端は、あかこさんが持っていた扇の絵の美しさに御所さまが魅せられたことでした。御所さまはその絵の作者に逢うことを熱望し、あかこさんに取り次ぎをせっつきます。待つこと3年。やっと対面が叶った御所さまは、念入りに薫物《たきもの》を焚き染め、張り切って出陣しました。

絵描きの女性は、御所さまがお話しすると、めちゃくちゃ口数多くお返事申し上げている様子。こういったタイプは、御所さまのお気に召さないのでは？　と想像しておかしく思っているうちに、おやすみになったようだ。私はいつものようにおそば近くに宿直《とのい》していた。西園寺の大納言（実兼）も明り障子の外、長押《なげし》の下に宿直していた。まだ夜も更けないうちに、もう何事も終わってしまったのだろうか。まったくあきれてしまう。

御所さまは早々と部屋の外へお出になって私をお呼びになる。私が参上すると「玉川の里だったよ」とおっしゃった。「見渡せば波のしがらみかけてけり卯の花咲ける玉川の里（見渡すと、まるで川面に波が立つしがらみが架け渡されているようだ。一面に真っ白な卯の花が咲く玉川の里は）」（『後拾遺和歌集』）という古歌を踏まえて、この女性を「卯《う》の花」に例えたのだ。「卯」は「憂《う》」に通じる言葉で「気に入らない」という意味。他人の私にも悲しいお言葉だった。絵描きの女性は、夜更けの鐘を打たないうちに帰されてしまった。

（『とはずがたり』巻二　建治元年（1275）10月）

せっかく3年越しにお召しになったのに、絵描きの女性はまたしても御所さまの好みに合いませんでした。御所さまは、あっけなく彼女を帰してしまいます。彼女に対する御所さまのすげない言葉を聞いて、あかこさんも悲しくなりました。

実はこの件と同時進行で、もうひとつの悲劇が勃発していました。同じ日の同じ時間、御所さまの指示を受けた藤原（山階）資行《すけゆき》という貴族が、絵描きの女性とは別の女性を連れてきていました。御所さまはその女性を車ごと庭の隅に放置したまま、すっかり忘れてしまいます。夜が明けてから、この女性のことを思い出した御所さまは、あかこさんに見に行くように命じました。屋根の破れた車の中で、一晩中雨に打たれていた彼女は悲惨な状態でした。装束は雨漏りでぐっしょり。一晩中泣き明かしたらしく、髪も袖も雨や涙で濡れていました。彼女は自身の状況を恥じて、帰りたいと訴えます。あかこさんは自分の装束を貸そうとしますが、聞き入れません。結局、御所さまと逢うこともないまま、その女性は行方知れずになりました。後に、彼女が尼として暮らしていると伝え聞いたあかこさんは、御所さまからのつらい仕打ちが出家の決意に繋がったのだろうと思いやります。

このように、あかこさんは、御所さまにひどい扱いを受けた女性たちに同情しています。ただし、これらの女性たちに共通しているのは、いずれも御所さまから雑に扱われて、あかこさんより哀れな状況にあることです。

2 格上には優位性をアピール

この2人のほかにも、御所さまには繋がっている女性が山ほどいました。たとえば、あかこさんと同じ女房仲間で、左大臣洞院《とういん》実雄の娘の愔子《いんし》。彼女は「東の御方《おんかた》」と呼ばれ、伏見天皇を産んで国母となり、後に准三后《じゅさんごう》と玄輝門《げんきもん》院の院号を賜りました。つまり、あかこさんより厚遇された女房です。このように自分より恵まれた状況にいる女性について、あかこさんはどう思っていたのでしょうか。

今夜は東の御方が御所さまのお寝所へ呼ばれたことがわかったので、夜のお食事が終わる頃に「お腹が痛い」と言って局《つぼね》に下がった。すると、雪の曙（西園寺実兼）が「ひどく夜が更けたね」と言って局の入口に佇んでいる。世間の目が恐いのでどうして逢おうかと思うものの、最近はいろいろあって逢わずにいた日数が長かった。それを言われると、もっともだと思われる。なので、こっそり局へ入れた。

夜が明けないうちに起きて別れた名残惜しさは、今日が年の暮れの最後の日だという名残より勝《まさ》っている。私は我ながらつまらない物思いをしている。この時の別れは、今思い出しても袖が涙に濡れてくる。

（『とはずがたり』巻一　文永9年12月）

御所さまが東の御方を寝所に召した夜、あかこさんは仮病を使って自室に引っ込みます。独り寝の寂しさでもかこつかと思いきや、かねてからの恋人である西園寺実兼を部屋に引き入れ、逢引を楽しんでいました。その時の彼との別れは今、思い出しても涙がにじむくらい名残惜しかったと書いているあたり、御所さまと東の御方への報復というか、腹いせのようにも読めてしまいます。

一方で、あかこさん自身も格上の后、東二条院から「女御のような扱いを受けている」と嫉妬されていると思い込んでいました。

『とはずがたり』巻一によると、文永11年（1274）10月、東二条院はあかこさんを出入り禁止にし、女房からも除籍します。あかこさん自身は、これといった問題を起こしたわけでもないので、おもしろくない毎日を送っていました。そうこうしているうちに11月10日過ぎになり、東二条院から御所さまにお使いの女房が参上します。

お使いの女房は「二条殿の振る舞いは納得できないことばかりです。そこで、こちらへの出入りを禁止したところ、御所さまはことさらに二条殿をお引き立てなさりました。許された者だけが着用できる三衣《みつぎぬ》（三枚重ねの袿《うちぎ》）を二条殿が着て、車に同乗したのを見た人々は、「女院さまが同乗している」と申しているそうです。これは、まことにどうしようもないことと思います。私（＝東二条院）の面目が立たないことばかりなので、お暇をいただいて、伏見などに引きこもって出家してしまおうと思っております」と、東二条院さまのご意向を御所さまに伝えた。

（『とはずがたり』巻一　文永11年）

これを聞いて猛反発したのは、なんと御所さまでした。御所さまは長々と反論のお手紙を書きます。まずは、あかこさんの両親の遺言から彼女を自分に仕えさせていること。次に、あかこさんは大納言である実の父親よりも、身分が高い祖父・久我《こが》太政大臣（通光《みちてる》）の子として院御所に参上したので、特別な衣装や待遇が許されていること。さらに、あかこさんの母親も、北山の入道太政大臣（西園寺公経《きんつね》＝実兼の曽祖父）の養子として出仕していた関係から、あかこさんも身分の高い北山准后《じゅごう》（四条貞子《しじょうさだこ》＝西園寺実氏《さねうじ》（実兼の祖父）の正室）の養女となったことなどなど……。

そうした縁があるので、あかこさんの袴着《はかまぎ》（幼児の成長の祝い）の儀式は准后が腰結いを務めたことをとうとうと述べ立て、彼女には特別な衣装が許されるようになったとまで付け加えています。そして、あかこさんが三衣を着たのはこうした特別待遇の一環であるとし、そのため東二条院の申し立ては問題視する必要さえないと結論づけました。

また、あかこさんが不適切な振る舞いをしたとするならば、吟味して妥当な処分はするかもしれないけれど、追放はしないとかばってもいます。そもそも、あかこさんの実家である久我家は、村上天皇の流れをくむ名門なので、本来は宮仕えする身分ではない。現在のあかこさんの立場は、彼女の母親の形見として傍に置きたいという自分（御所さま）の強い意向によると言い募りました。挙句の果ては、東二条院が出家を望むならその意思を尊重するとまで言い切ったのです。
御所さまがあかこさんを弁護するお手紙を送ったせいで、御所さまと東二条院との関係はますます悪化。あかこさんは面倒なことに巻き込まれたとは思ったものの、御所さまのお気持ちがいい加減でないこともわかって、ほっとする気持ちもあったはずです。

その7年後。御所さまの母である大宮院が病気になり、御所さまや弟である亀山院が、大宮院の住む嵯峨の御所を訪問しました。その時、あかこさんは嵯峨の御所近くの法輪寺に参籠していたので、御所さまの世話をするために呼び出されます。大宮院は無事に回復、快気祝いの宴が催されます。宴が終わり、御所さまや亀山院が帰った後も、あかこさんは大宮院に「寂しいから」と引き留められて嵯峨の御所にしばらく滞在していました。そこへ、東二条院から実の姉である大宮院宛てに手紙が届きます。

私は、このお手紙が何を伝えるものなのか思いつかない。大宮院さまは、このお手紙を御覧になると「……とは何事でしょう。あの人、正気かしら」とおっしゃった。

私が「何事でしょうか」とお尋ねすると、「そなたのことを、この嵯峨殿で『女院として待遇し、披露するご意向があって管弦の遊びなどさまざまな催しがあると聞くのは、うらやましい限りです。私は年老いてしまいましたが、御所さまがお見捨てになるはずはないと思っておりましたのに』と繰り返し言っているのです」とおっしゃって、大宮院さまがお笑いになる。なので、私は面倒なことだと思い、四条大宮の乳母《めのと》のもとへ退出した。

(『とはずがたり』巻三　弘安4年10月)

この時、あかこさんは24歳、御所さまは15歳年上の39歳。東二条院はさらに11歳年上の50歳です。東二条院がご自身の年齢から、実姉である大宮院さまに老境の愚痴を訴えるのは理解できます。しかし、あかこさんが女院扱いされていることに不快感を示している点には、どうしても違和感を覚えてしまうのです。

これについて、これまでの研究では「東二条院の嫉妬による誹謗中傷」と解釈されてきましたが、果たしてそうでしょうか。仮に東二条院が御所さまの女房たちの中から嫉妬する相手を選ぶならば、東の御方のはずです。後の天皇を産み、国母となって院号を賜った東の御方ならば、ライバル視されても当然。そもそもあかこさんは当時の記録に残っていないくらい存在感が薄い女性なのです。

そんなあかこさんに対して、本物の女院である東二条院が、「女院然として目立つ行為をしている」と嫉妬するのはやはり腑に落ちません。東二条院にとって、あかこさんは素行や行儀の悪さが目に余る程度の女房に過ぎなかったと思われるのです。

たとえば、『とはずがたり』にこんなエピソードがあります。

建治元年1月、御所さまが女房たちのお尻を粥杖《かゆづえ》で打つという正月の慣習（子宝に恵まれるという俗信）を実施しました。その際、御所さまは自分1人で打つべきところ、近臣たちを集めて女房たちの尻を叩かせました。屈辱的な仕打ちに怒ったあかこさんと東の御方は、御所さまに報復しようと、下着姿の御所さまを不意打ちしてさんざんに打ちのめしたのです。

御所さまは後日、この出来事を根に持って、これを罪科と主張。首謀者として吊るしあげられたのは、東の御方ではなくあかこさんでした。結局、あかこさんの後見人たちに罪を償わせることになります。けれど、あかこさんの両親は他界していることから、親代わりの御所さま自身があがなうことになりました。あかこさんは「おかしくてたまらない」とまったく反省しないまま、この出来事を『とはずがたり』に書いています。東二条院はこういったあかこさんの無神経で傍若無人な振る舞いに眉をひそめたのではないでしょうか。ところが〝あかこフィルター〟を通すと、180度見え方が変わります。彼女は御所さまの正妻である東二条院にライバル視され、嫉妬されるのです。

『とはずがたり』巻三でも、弘安6年7月、母方の祖父である四条隆親《たかちか》からあかこさん宛てに「東二条院からの苦情を受けて、院御所の退出を勧める」との手紙が届きました。ちょうどその時期、御所さまの態度も冷たくなったので、あかこさんは院御所を退出することにしますが、あくまで格上の后による嫉妬のせいで追い出されたと言い張り続けるのです。

御所さまをめぐる多くの女性たちについて、事実を少しずつ加工して描くあかこさん。その手法は、同情をまぶした自慢話と自虐風味の自分語りです。

『とはずがたり』の中で御所を出てゆくあかこさんは、間違いなく悲劇のヒロイン。あかこさんは事実を自分寄りに加工して、自己肯定感を高めていたのではないでしょうか。

『とはずがたり』の巻四・巻五に見える諸国遍歴の場面が虚構ではないかという指摘があるように、あかこさんは架空のストーリーを描くのに長けていました。巻一から巻三にもその手腕が発揮されたはず。『とはずがたり』は、自分のストーリーを盛って書く「走り」だったのかもしれません。

3 お相手はすべてセレブ

そんなあかこさんが、御所さま公認で関係を持った男性は2人います。1人は御所さまの異母弟である性助法親王。もう1人は近衛大殿と呼ばれる鷹司兼平で、御所さまの後見人となった上流貴族です。もちろん、西園寺実兼のような秘密裡に続けた関係とは異なります。あかこさんはこの2人と、いったいどのように接していたのでしょうか。

法親王さまはどうしたことか、思いもかけず私への愛情を告白する。「御仏にも邪念を抱いてお勤めしていると思われているだろうかと、気が咎めます」などと言うのだ。意外なことを言い出したので、何となくごまかしてその場を立ち去ろうとすると、私の袖を引いて、「どのような隙でも少しだけでも逢えるかも、とせめて期待させてほしい」という。嘘偽りでなく本物に見える袖の涙にうんざりしていると、「御所さまがお帰りになりました」とざわざわし始めたので、法親王さまの手を振り払って急いで離れた。

わけのわからない夢と考えたらよいのだろうかと思っていると、法親王さまと対面した御所さまが「久しぶりだから」などと言いながらお酒を勧めている。そのお酌をしている私の心の中なんて、誰も人は知らないだろうなあ。とてもおもしろい。


（『とはずがたり』巻二の建治元年3月）


あかこさんと性助法親王は、御所さまが院御所を留守にしていた時に接触しました。法親王さまが隙を狙って院御所に上がり込み、あかこさんと向かい合ったのです。

あかこさんに対して、必死に愛の告白をする法親王さま。一方のあかこさんはそっけない対応です。それどころか、戻ってきた御所さまと盃を交わす羽目になった法親王さまを見て、嘲笑うような心境になっています。

同じ年の8月に体調を崩した御所さまは、9月になっても回復しないので、延命供《えんめいく》（息災延命の祈祷《きとう》をする仏事）を行うことにします。性助法親王はその祈祷の阿闍梨《あじゃり》として院御所に参上しました。あかこさんへの慕情を断ちがたく、彼女が仕事で法親王のもとを訪ねるたびに、愛の告白をし続けます。細々とした愛情を綴ったラブレターまであかこさんに渡し、返事をせっつかれたあかこさんは、例によって嘲笑うような返しをするのでした。そんなあかこさんが、御所さまのお使いとして、御撫物《なでもの》（お祓いに用いる衣服）を聴聞所《ちょうもんどころ》（説経などを聴く場所）に持って行った時のこと。誰もいないところに、法親王がただ1人待ち構えていました。御撫物を道場のそばの局に持参するように指示します。

（局に入ってみると）着慣らして皺が寄った衣の法親王が、ふと入ってきた。これはどうしたのかと思っていると、法親王さまは「仏様のありがたいお導きは、愛欲の暗い道に迷い込んでも、救ってくださるだろう」などと言って、泣きながら私に抱きついてきた。あまりにひどいと思ったが、この方の身分を思うと「これは何事ですか！」などと言うべきではないので、声を抑えて「仏様の御心を思うと恐ろしゅうございます」などと申し上げるけれど、やめてくださらない。まるで夢を見たかのような体験の名残さえも、とても現実とは思えないうちに、「ちょうどよい祈祷の時刻になりました」と伴僧たちがやって来た。法親王は局の後ろの方から逃げて戻っていった。逃げる間際に「後夜（夜半からの勤行）の時に、もう一度必ず来てほしい」と言って、すぐに祈祷が始まった。その様子はまるで何事もなかったかのようだが、法親王が祈祷の導師として真剣に勤めているとも思えないのでとても恐ろしい。

（『とはずがたり』巻二　建治元年9月）

御所さまの祈祷の日、法親王は泣きながら、なし崩し的にあかこさんを我がものとしました。あかこさんは、兄宮のための祈祷の前に不浄な行いする彼をそら恐ろしく感じます。しかもまた会いに来てほしいと懇願するのです。あかこさんもあかこさんで、言われるままに逢いに行き、三七日（21日）の御祈祷期間中、2人は隙を見て頻繁に逢引を重ねました。御所さまは二七日（14日）末頃から快方に向かい、無事に元気になりました。

院御所から退出する前夜、法親王は「これからはまた、どのような機会を待てばよいのか。せめてあなたが私と同じ心でさえあるならば、私は深い山に籠り暮らして、いくらも生きられないこの世で悩むことなく過ごしたい」（同）などと訴えますが、あかこさんは気味が悪いだけでした。

僧侶にもかかわらず、一途にあかこさんに執着する法親王。いくら逢引を重ねても、あかこさんはどうしても彼を好きにはなれませんでした。法親王も7歳で出家して以来、修行三昧だったので女性慣れしておらず、お世辞にも女性に対してスマートに接していると は言えません。

この後、あかこさんと法親王は手紙のやり取りをしますが、2人の仲が進展しないまま1年が経った建治2年（1276）9月。あかこさんは母方の叔父である四条隆顕《たかあき》に騙され、出雲路辺り（現在の京都市北区と上京区の境辺り）で法親王と再会します。法親王が幼い頃から親しくしている隆顕に頼み込んだ計略でした。久しぶりに共寝をした2人。法親王は一晩中泣きながら愛を誓いますが、あかこさんは相変わらず恨めしく、気味が悪く、恐ろしく感じるだけで、法親王の一途な姿もどこ吹く風。内心で（早く終わってくれ）と思っているほどです。別れの時、あかこさんはあっさり見送りを断り、法親王は泣く泣く部屋を出ていきました。

その後、法親王さまから何かと連絡がありますが、返事もしないあかこさん。するとその年の12月、法親王から護符の裏にびっしり諸神仏が書かれ、あかこさんへの愛執に苦しんでいると伝える立文（紙で縦に包み、余った上下を捻った書状）が届きました。早い話、「これまで帝や衆生のために祈りを捧げてきたが、現在は愛執のために苦しんでおり、今生であかこさんと結ばれることを断念する。ただし、輪廻転生してもこの思いを忘れるはずはないので、悪道に堕ちる覚悟をした。今後は生涯の修行をすべて悪道に全振りし、後生には悪道であかこさんとともに生を受ける」という呪いの起請文です。あかこさんは文字通り震え上がりました。

法親王さまのお手紙を見ると、身の毛もよだち、気分が悪くなるが、だからと言ってどうしようもない。これをみな巻き集めてお返し申し上げることにした。

今よりは絶えぬと見ゆる水茎の跡を見るには袖ぞしをるる

これからはお付き合いが絶えてしまうと見えるお筆の跡を見て、私の袖は悲しみの涙でしおれてしまいます包み紙に、この歌だけを書いて、元のように封をしてお返し申し上げた。その後は絶えてお便りもない。

（『とはずがたり』巻二　建治2年12月）

年が明け、御所さまに新年の挨拶に訪れた法親王。あかこさんは御所さまに命じられてお酌をします。しかし、立ち上がった途端に鼻血が垂れて目がくらみ、10日ほど寝込みました。法親王に対する恐怖をいっそう募らせるあかこさんでした。

それから5年後の弘安4年（1281）2月。御所さまと東二条院の間に生まれた娘・姈子《れいし》内親王の病平癒の祈祷のために、また性助法親王が院御所に招かれました。彼は相変わらずあかこさんを熱心に口説きます。それを聞いた御所さまは、なんと2人の仲を認め、間を取り持ったのです。その結果、あかこさんは法親王さまの子供を身ごもりました。御所さまからあかこさんの懐妊を知らされた法親王は、あかこさんとの間の子供が生まれることを心から喜びます。その様子を見て、あかこさんにもようやく、法親王への愛情が沸いてくるのでした。ところがそれを喜ばない人がいました。御所さまです。彼は、法親王さまに心揺らぐあかこさんを見て嫉妬。気まぐれな御所さまに、あかこさんはうんざりします。

11月になって、あかこさんは男子を出産。けれど世間には死産と偽り、実際に死産であった御所さまの御子の代わりとして差し上げました。

そのわずか半月余り後、法親王は流行病のために急逝。彼の死を悲しんでいたあかこさんは翌年3月、法親王の2人目の子を妊娠していることに気付きます。8月にその子を出産。あかこさんは初めて我が子を自分の手で育て、母性愛に目覚めたのでした。あんなに毛嫌いしていた法親王。あかこさんは法親王がいなくなってから、彼への愛に気付くのでした。

もう1人、近衛の大殿との関係は建治3年（1277）8月。御所さまも同席する場で、大殿があかこさんに得意の琵琶を捨てた理由を問いただしたのが始まりです。

それより約半年前、御所さまと弟の亀山院の間で、女房たちの余興が企画されました。あかこさんのグループは『源氏物語』の女楽《おんながく》を模した演奏をすることになります。あかこさんは明石の上に扮して琵琶を演奏する予定でした。が、母方の祖父である四条隆親によっ

て席次を下げられ、憤慨します。あかこさんは祖父への抗議のため、生涯琵琶を弾かないという誓いを立て、一時的に院御所を出奔したのでした。

そんな状況を踏まえて、大殿はまず父方の久我家が優れた一族であると賞讃します。父方の一族はあかこさんにとって琴線だからです。次に、あかこさんに対する隆親の対応は間違っていると非難します。駄目押しで亀山院があかこさんの和歌を褒めていたとも伝えました。すべてあかこさんの気を引くためです。

その2日後、大殿の発案で「今様《いまよう》」と呼ばれる歌謡のレクチャーが開かれます。続いて催された遊宴がお開きになると、あかこさんは1人で歩いていました。


院御所へ帰ろうと思って湯巻《ゆまき》（貴人の入浴を世話する女官の装束）をかけた姿で通りかかると、御簾の中から袖をつかんで引き留める人がいる。化け物に襲われたかと大声で叫ぶと、「夜の声には、木霊《こだま》が訪れるというから忌まわしいですね」と近衛の大殿の声がする。恐ろしいので、つかまれた袖を引いて通り過ぎようとするが、袂がほころびてもまだ放してくれない。

人の気配もなく、そのまま御簾の中に引き込まれた。「これはどういうことでしょう」と、私は必死に抵抗したがどうしようもない。「あなたのことを思い始めてから長い年月が経ちました」などという台詞は聞き古したことだから「ああ、面倒くさい」と思うし、何やかやと約束されるのもいつものことと思われて耳にも入らない。

（『とはずがたり』巻二　建治3年8月）

大殿はこの時50歳。30歳も年下のあかこさんが、くつろいだ姿で歩いているところを狙って、いきなりつかみ掛かりました。いい年をして使い古された甘言をささやき、あかこさんに面倒がられる始末。

その翌日の酒宴の後も、あかこさんが御所さまのそばに仕えていると大殿が現れ、厚かましくもあかこさんを誘います。彼女はその場を動こうとしませんでした。

その時、御所さまが「早く立ちなさい。差し支えないから」と小声でおっしゃる。死ぬほど悲しい。大殿が御所さまの足元にいる私の手を取って引っぱるので、心ならずも立ってしまった。「御所さまのお伽《とぎ》のために、こちらで過ごしましょう」と言って連れていかれた襖のむこう側で、大殿が言ったいろいろなことを、御所さまは寝入ったふりをして聞いていたなんて、驚き呆れることだ。

（『とはずがたり』巻二　建治3年8月）

この時も御所さまは、大殿のもとに行くよう彼女を促すのでした。大殿は23年の長きにわたって摂政関白を務め、御所さまの後見人でもありました。御所さまは、彼を政治的に取り込もうとしてあかこさんを差し出したのではないかと言われています。

女性慣れしていない法親王や、当時すでに老齢者だった大殿。そんな男性たちに強く求められ、御所さまの指示もあって、あかこさんは彼らを受け入れました。「死ぬほど悲しい」と嘆くのもうなずけます。ただし、法親王も大殿も身分が高く、権力を持っている男性であることを忘れてはいけません。『とはずがたり』の全編を通して、あかこさんが〝男女の関係〟になったことを告白する相手は皆、〝極上〟の格上男性ばかりでした。派手な異性交遊も、いわゆる勝ち組男子が相手ならば、セレブ感を演出できるラブストーリーと言えるのではないでしょうか。大殿に対してさえ、翌朝去っていく彼の車の影を見送ながら、名残惜しい気持ちになっていたと書かれています。

もっと言えば、先述した大宮院の快気祝いの時、あかこさんは亀山院からも粉をかけられたと書いています。前帝という超セレブに誘惑されて、まんざらでもなかったのでしょうか。しかし、御所さまにとって亀山院は政敵。『とはずがたり』巻三の弘安5年（1282）4月の記述によると、御所さまはそのうわさに非常に不快感を持っていたようです。あかこさんが東二条院の不興を買って院御所を追い出される時、御所さまがかばってくれなかったのはそのせいだという指摘もあります。

おわりに

『とはずがたり』巻五によると、嘉元2年（1304）6月頃、あかこさんは御所さまが発病して危篤状態だと知ります。当時47歳のあかこさんは院御所の出仕を退き、出家して久しい年月が経っていました。

心配したあかこさんは、石清水八幡宮に籠って御所さまの病平癒を祈ります。それでも足らず、懐かしい御所さまのお姿を一目だけでも見たいと切望し、とうの昔に疎遠になっていたかつての恋人、西園寺実兼を頼ろうとします。が、西園寺家を訪問してもなかなか取り次いでもらえません。やっとのことで実兼との対面が叶い、彼が手配してくれたおかげで瀕死の御所さまを拝見できました。その次の日、あかこさんの願いもむなしく御所さまは亡くなりました。

さらにその翌日、あかこさんは伝手を頼って御所さまの棺を見たいと懇願しますが、断られてしまいます。途方に暮れたあかこさんは、何とかしようと画策するものの、うまくいきません。一日中、院御所の前に立ちつくすしかありませんでした。

そして、とうとう御所さまの棺を乗せた車が院御所を出発してしまいました。あかこさんは慌てて裸足のまま走り出し、車の後をずっと追い続けました。途中で足が痛くなり、遅れを取ります。藤の森（現在の京都市伏見区深草鳥居町）あたりに到着したところで、午前4時。もう葬列には追い付けないとあきらめました。1人で泣いているあかこさんは、荼毘《だび》に付された御所さまの煙の末を見ていました。

最愛の御所さまの訃報に接した時、あかこさんは我を忘れました。本来あかこさんは、このように素朴でストレートな女性だったのではないでしょうか。しかし、彼女にとって現実はあまりにも厳しいものでした。

『とはずがたり』は、盛りに盛った言葉で自身を飾ることで、徹底して自己を肯定し続けた日記です。彼女はそのタイトル通り、誰に問われなくとも自分を認めるための自分語りをすることで、前を向く勇気を振り絞っていたのかもしれません。

あとがき

平安時代に花開いた優雅で華やかな王朝文化。その担い手として、女性の皇族と貴族は大きな役割を果たしました。中でも和歌を詠み、日記や物語を執筆した女流歌人や作家は特に重要な存在です。華麗な王朝社会を知的に生きた彼女たちの作品は、日本のリベラル・アーツを代表する文化遺産と言っても過言ではないでしょう。

そんな優れた女流文学者の作品を読み解けば、現代に生きる女性たちにとって人生のヒントになるような知見が得られるはず――。そう思った私は、改めて平安京で活躍した女流文学者たちの作品を読み直してみました。すると意外なことが見えてきたのです。彼女たちはそれまで私が思っていたほど人格者ではありませんでした。むしろ、かなり癖の強い未熟な性格をしています。

確かにこれらの作品は、格調高い文章と深い洞察力で当時の王朝文化を見事に描ききっています。ところが、作者の人格はそういった作品の秀逸さとは一線を画すると言わざるを得ないものがあるのです。

平安京に暮らす彼女たちは、いつも何かしら不満を抱き、恨みがましい怒りの感情を内に秘めているように私には思われました。現代風に言うと「陰キャ」（陰気な性格）で「コミュ障」（人付き合いが苦手で他人に無関心）。さらには気難しくて神経質。生きづらいであろう、この性格こそが女流文学者にとっては勲章なのかもしれません。彼女たちの執筆動機には、こういった難儀な性格に由来する部分があったのではないでしょうか。それならば、私にも似ているところがある、と思い当たりました。

結局、私は本書を自分のために、自分に向けて書きました。歯を食いしばるようにして日本古典文学の研究論文を書き続ける自分と、女流文学者たちを重ねたのです。

本書を書き上げた今、平安京の女流文学者たちをこれまで以上に身近に感じるようになりました。今後は、彼女たちを見習って「生きづらい性格」を武器に、ひたすら原稿を書き続けようと思います。これが私の得た「生きるヒント」です。

私がこのような考えを抱くようになったきっかけは、長野県ローカル局の信越放送・小森康夫氏からお声がけいただいた、ラジオ番組「MiXxxxx＋（ミックスプラス）」への出演です。毎月1回、「女流文学を女子トーク」というテーマで、私が日本の女流文学者を紹介すると、海野紀恵アナウンサーが上手にまとめてくれます。私はこの番組を通して、古典の女流文学作品には現代女性にも参考になるような含蓄があると実感するようになりました。

私は別のラジオ番組『武田徹のつれづれ散歩道』でも、説話文学を題材にした朗読をしています。パーソナリティの武田徹さんと芳子夫人からは、いつも温かい励ましと適切なご指導をいただいています。そのおかげで、説話という古典文学が現代人にも役立つ教訓を含んでいることを理解できました。この経験もまた本書執筆の動機のひとつです。

この番組で文学研究家の堀井正子先生の知己を得ました。堀井先生は優しく上品で、多くのご著書は美しい言葉に満ち溢れ、まさに「文は人なり」を体現するような女性です。堀井先生から信濃毎日新聞出版部の編集者山崎紀子さんを紹介していただきました。ともすれば独善的に陥りがちな私の原稿を軌道修正してくださったのが山崎さんです。本当にありがとうございました。また、素敵なイラストとブックデザインを担当してくださった庄村友里さんにも心より感謝申し上げます。
そして何より、この本を手に取ってくださった読者の皆様にお礼を申し上げます。皆様が本書を通して、平安女子から「生きるヒント」を得てもらえれば、こんなうれしいことはありません。

二〇二五年一月

二本松泰子

[参考文献]

日本古典文学全集　小学館

『和泉式部日記・紫式部日記・更級日記・讃岐典内侍日記』（藤岡忠美・中野幸一・犬養廉・石井文夫校注／訳）1994

『中世日記紀行集　海道記・東関紀行・弁内侍日記・十六夜日記ほか』（長崎健・外村南都子・岩佐美代子・稲田利徳校注／訳）1994

『栄花物語①②』（山中裕・秋山虔・池田尚隆校注／訳）1995～1997

『土佐日記・蜻蛉日記』（菊地靖彦・木村正中・伊牟田経久校注／訳）1995

『枕草子』（松尾聰・永井和子校注／訳）1997

『建礼門院右京大夫集・とはずがたり』（久保田淳校注／訳）1999

『源氏物語①～⑥』（阿部秋生・今井源衛・秋山虔・鈴木日出男注／訳）1994～1998

大日本古記録『小右記1～10』（東京大学史料編纂所編）岩波書店、1959～1982

『日本歌学大系　第4巻「源承和歌口伝」』（佐々木信綱編）風間書房、1956

『紫式部集付大弐三位集・藤原惟規集』（南波浩校注）岩波文庫、1973

『うたたね　全訳注』（次田香澄訳注）講談社、1978

『新版　枕草子　上巻　現代語訳付き』（石田穣二訳注）ＫＡＤＯＫＡＷＡ、1979

『十六夜日記・夜の鶴　全訳注』（森本元子訳注）講談社、1979

『群書類従第18輯』「うたゝねの記」（塙保己一編）続群書類従完成会、1979

『新版　枕草子　下巻　現代語訳付き』（石田穣二訳注）ＫＡＤＯＫＡＷＡ、1980

『和泉式部日記（上）（中）（下）全訳注』（小松登美全訳注）講談社、1980～1985

『増鏡（上）（中）（下）―全三巻―』（井上宗雄全訳注）講談社、1979～1983

『飛鳥井雅有日記全釈』（中田祝夫監修、水川喜夫著）風間書房、1985

『とはずがたり（上）（下）』（次田香澄全訳注）講談社、1987

『国語国文学研究叢書第40巻』「飛鳥井雅有日記注釈」（濱口博章著）桜楓社、1990

増補史料大成 第4巻・第5巻『権記一』『権記二・帥記』（増補史料大成刊行会著）臨川書店、1992

『図書寮叢刊九条家本玉葉全14巻』（宮内庁書陵部編）明治書院、1994〜2013
『大鏡』（橘健二・加藤静子校注／訳）小学館、1996
『ビギナーズ・クラシックス　日本の古典　枕草子』（角川書店・坂口由美子編）KADOKAWA、2001
『ビギナーズ・クラシックス　日本の古典　蜻蛉日記』（角川書店・坂口由美子編）KADOKAWA、2002
『新版　蜻蛉日記Ⅰ・Ⅱ（上巻・中巻・下巻）現代語訳付き』（川村裕子訳注）KADOKAWA、2003
『和泉式部日記　現代語訳付き』（近藤みゆき訳注）KADOKAWA、2003
『更級日記　現代語訳付き』（原岡文子訳注）KADOKAWA、2003
新日本古典文学大系『古事談　続古事談』（川端善明・荒木浩校注）岩波書店、2005
『源氏物語の時代―一条天皇と后たちのものがたり―』（山本淳子編）朝日新聞出版、2007
『ビギナーズ・クラシックス　日本の古典　和泉式部日記』（川村裕子編）KADOKAWA、2007
『ビギナーズ・クラシックス　日本の古典　更級日記』（川村裕子編）KADOKAWA、2007
『ビギナーズ・クラシックス　日本の古典　紫式部日記』（山本淳子編）KADOKAWA、2009
『人物叢書　阿仏尼』（日本歴史学会編、田渕句美子著）吉川弘文館、2009
『紫式部日記　現代語訳付き』（山本淳子訳注）KADOKAWA、2010
『中世尼僧　愛の果てに『とはずがたり』の世界』（日下力著）角川学芸出版、2012
『とはずがたり』（佐々木和香子訳）光文社、2019
『枕草子のたくらみ―「春はあけぼの」に秘められた思い』（山本淳子編）朝日出版、2017
『紫式部ひとり語り』（山本淳子著）KADOKAWA、2020
『新訳　うたたね』（島内景二編）花鳥社、2023
『与謝野晶子訳　紫式部日記・和泉式部日記』（与謝野晶子訳）KADOKAWA、2023
『新版　蜻蛉日記　全訳注』（上村悦子全訳注）講談社、2024
『新訂　枕草子（上）（下）現代語訳付き』（河添房江・津島知明訳注）KADOKAWA、2024
赤間恵都子氏のWEBコラム第1〜50回『枕草子日記的章段の研究』発刊に寄せて―三省堂

二本松 泰子
（にほんまつ・やすこ）

1968 年大阪生まれ。

立命館大学大学院文学研究科博士課程後期課程学位取得修了。博士（文学・立命館大学）。専門は日本古典文学。

長野県短期大学准教授等を経て、現在長野県立大学教授。SBC 信越放送ラジオ『つれづれ散歩道』『ミックスプラス』レギュラー。

主な著書に『中世鷹書の文化伝承』『鷹書と鷹術流派の系譜』『真田家の鷹狩り―鷹術の宗家、祢津家の血脈―』（いずれも三弥井書店）など。

装幀・イラスト　庄村 友里
編　　　　　集　山崎 紀子

平安女子に教わる
今の時代を生きる術《すべ》

2025 年 2 月 24 日　初版発行

著　　者　二本松 泰子

発　　行　信濃毎日新聞社
〒 380-8546　長野市南県町 657
tel.026-236-3377　fax.026-236-3096
印　　刷　大日本法令印刷株式会社

ISBN978-4-7840-7446-4 C0095
